Kommissar Rex
Der Tod kam zweimal

Ronja Willmes

Kommissar REX

Der Tod kam zweimal

Roman zur gleichnamigen
Sat 1-Fernsehserie

vgs

Der Roman »Der Tod kam zweimal« entstand nach der Fernsehserie »Kommissar Rex«, produziert von Mungo-Film GmbH für SAT. 1, in Zusammenarbeit mit KirchMedia, und basiert auf den Drehbüchern zu den Folgen »Der Tod kam zweimal«, »Der Bluff« und »Tödlicher Test«

Bibliografische Information Der Deutschen Bibliothek
Die Deutsche Bibliothek verzeichnet diese Publikation in der Deutschen Nationalbibliografie; detaillierte bibliografische Daten sind im Internet über http://dnb.ddb.de abrufbar.

1. Auflage 2002
Egmont vgs verlagsgesellschaft, Köln

Lektorat: Carolina Pozzi
Produktion: Wolfgang Arntz
Umschlaggestaltung: Alex Ziegler, Köln
Satz: Greiner & Reichel, Köln
Druck: Clausen & Bosse, Leck
Printed in Germany
ISBN 3-8025-2970-7

Besuchen Sie unsere Homepage:
www.vgs.de

Inhalt

Der Tod kam zweimal

1

»Das Duschgel für Männer, die das Beste zu schätzen wissen«, säuselte eine sinnliche Frauenstimme aus dem Fernseher, die angesichts eines duschenden Männerkörpers sichtlich um ihre Fassung rang. Zu ihrem erotischen Säuseln seifte sich auf dem Bildschirm ein durchtrainierter junger Mann in knappen dunkelblauen Shorts den muskulösen Oberkörper ein. Das Wasser aus dem stählernen Duschkopf spülte den Schaum von seiner Brust und hinterließ einen perfekten, verführerisch glänzenden Körper, der die gesamte Bildfläche ausfüllte.

Das Wohnzimmer, in dem das Fernsehgerät lief, war leer. Doch duschte im angrenzenden Bad ebenfalls ein junger Mann.

Seine Lippen bewegten sich theatralisch, als er den Werbeslogan selbstverliebt mit geschlossenen Augen wiederholte. Die glatte, gestählte Brust wie auch die kreisenden Hände, die über sie hinwegglitten, glichen exakt denen des Duschgelmodels im Fernsehen.

Denn er war es selbst: Marc Reinhardt, »erfolgreiches Top-Model und Liebling der Wiener Highsociety«. Seine Lippen verzogen sich zu einem selbstgefälligen Grinsen, als er sich diese Worte ins Gedächtnis rief, die erst kürzlich ein Journalist in einem Modeblatt über ihn geschrieben hatte.

Er stieg aus der Dusche, trocknete sich oberflächlich ab und ging summend ins Wohnzimmer hinüber.

Auf dem niedrigen Glastisch war sein dekadentes Nachtmahl bereits angerichtet. Es bestand aus einem Glas Rotwein und einer schmalen Linie weißen Pulvers. Daneben lag ein eng zusammengerollter Geldschein, mit dem sich Marc, nachdem er in seinen bordeauxroten Bademantel geschlüpft war, der feinen Linie gierig zuwandte.

Das Fernsehprogramm zeigte inzwischen eine dieser einfallslosen Krankenhausserien. Solche Serien interessierten Marc doch überhaupt nicht – vermutlich hatte der begnadete Junge ohnehin den Ton abgestellt.

Es war Pit Gallauer aus dieser Entfernung nicht möglich, das zu beurteilen. Er ließ das Fernglas sinken, sodass die halbnackte Gestalt im Bademantel aus dem Haus gegenüber, die ihm durch die vergrößernden Linsen sekundenlang so nah gewesen war, wieder die Größe einer Figur in einem Puppenhaus annahm.

Im Treppenhaus des gegenüberliegenden Wohnkomplexes bewegte sich jetzt etwas. Eine hübsche, beinahe zerbrechlich wirkende junge Frau erschien an einem Treppenhausfenster auf der Höhe von Marcs Wohnung.

Gallauer riss das Fernglas wieder vor seine neugierig geweiteten Augen.

In seinem Apartment schreckte Marc abrupt auf. Anscheinend hatte das Mädchen soeben an seiner Wohnungstür geklingelt.

Gallauer erkannte sie erst jetzt durch die kreisrunde Linse: Es war Katharina Schneiders, die Tochter der bekannten Modeschöpferin Selma Melle-Schneiders, für die sich Marc von Zeit zu Zeit über den Laufsteg scheuchen ließ. Gerne hätte die eigenwillige Designerin ihn exklusiv für ihre viel beachteten Herrenkollektionen gebucht, doch Marc war ein derart gefragtes Model, dass er selbst entscheiden konnte, wessen stoffliche Entwürfe er auf dem Catwalk an seinem unvergleichlichen Körper präsentieren wollte.

Aufgebracht stürzte Katharina in das Apartment, als der umschwärmte Gigolo ihr mit einem charmanten Lächeln, aus dem eine gute Portion Selbstgefälligkeit sprach, die Tür öffnete.

Die junge Frau trug ein zartgrünes, ärmelloses Designerkleid unter ihrer Lederjacke, dessen leicht transparenter Stoff provozierend glitzerte. Sie sparte sich die Begrüßungsfloskeln und kam lieber gleich zur Sache: »Bin ich wirklich die einzige Frau in deinem Leben?«, fragte sie scharf.

»Was?«, kam es perplex zurück.

Eigentlich musste sie das nicht wirklich wiederholen. »Ob ich die einzige Frau in deinem Leben bin«, beharrte sie dennoch.

»Natürlich«, antwortete Marc hastig, sichtlich überrumpelt.

»Und warum die Geheimniskrämerei wegen unserer Beziehung?«, schnappte sie, wobei ihre blonden, schulterlangen Haare angriffslustig um ihren zornesrot verfärbten Hals tanzten.

»Weil ich mein Leben nicht in der Öffentlichkeit ausbreiten will. So eine Art von Promotion kann ich mir nicht leisten«, erwiderte Marc sachlich.

Sie hielt seinem kühlen und zugleich anziehenden Blick tapfer stand. »Dann willst du nicht zu unserer Beziehung stehen?«

Ihr eitler Freund versuchte es zur Abwechslung mal mit einer seiner unwiderstehlichen Besänftigungstaktiken – zumindest bildet er sich ein, dass sie unwiderstehlich sind, dachte Katharina bitter.

»Ich liebe dich«, hauchte er, öffnete seinen bordeauxroten Seidenbademantel und schritt lässig auf seine Geliebte zu, die jede seiner Bewegungen mit argwöhnischen Blicken verfolgte.

Ihr Herz schlug heftig, und sie wusste einen Moment lang nicht, was sie tun sollte. Dann entschied sie kurz entschlossen, seinem pathetischen Verführungstrick zu widerstehen, und schrie stattdessen wutentbrannt: »Und warum betrügst du mich dann?!« Mit zittrigen Fingern förderte sie aus ihrer Handtasche einen roten Spitzendamenslip zu Tage, während sie das Indiz mit der Gewissheit einer Betrogenen angewidert kommentierte: »Den habe ich unter deinem Autositz gefunden. Und ich weiß genau, wem der gehört.« Das edle Dessous landete zwischen den Polstern der beigefarbenen Couch.

»Was soll das eigentlich? Was ziehst du hier für eine Show ab?«, konterte Marc, der sich durch die Beweislast auf einmal arg in die Enge getrieben fühlte.

»Kann ich einen Schluck Wasser haben?«, fragte Katharina plötzlich mit kühler Gefasstheit.

Im Haus gegenüber setzte Pit Gallauer das Fernglas ab. Marc war in der Küche verschwunden, während Katharina über den Wohnzimmertisch gebeugt stand. Er hätte einiges darum gegeben, den hochdramatischen Dialog der beiden exzentrischen jungen Menschen belauschen zu können. Doch leider musste er sich mit dem begnügen, was ihm sein Fernglas näher brachte: Katharina hatte Marc ganz offensichtlich eine Eifersuchtsszene gemacht, denn im Verlauf des Streits hatte sie entrüstet mit einem roten Slip vor seiner Nase herumgewedelt. Gerade stürmte sie vollkommen aufgelöst mit einer kleinen Plastikflasche teuren Wassers aus der Wohnung.

Die Gelegenheit schien günstig. Gallauer setzte das Fernglas ab und verließ eilig seinen Beobachtungsposten auf dem Dachboden. Vielleicht wusste er ja ein Mittel, den viel geliebten Star aus seiner seelischen Einsamkeit zu befreien …

Ob der Mann das häufiger tat: andere Leute mit dem Fernglas ausspionieren? Frau Vuitkovic schüttelte verständnislos den Kopf und strich mit einer Hand ihren altrosafarbenen Arbeitskittel glatt, der vom minutenlangen Kauern hinter der Waschmaschine ein wenig zerknittert war. Dann trat sie mit ihrem Wäschekorb aus einer der hinteren Ecken des Dachbodens hervor, den ihr spionierender Nachbar im dunkelbraunen Ledermantel gerade mit seinem Fernglas in der Hand überstürzt verlassen hatte.

So einer war das also, ein ganz armes Würstchen. Das hatte sie ja schon vermutet, seit der feine Schnösel hier eingezogen war.

Als Gallauer aufgewühlt aus Marcs Apartment trat, fuhr unten vor dem Haus gerade ein Taxi vor.

Der Mittvierziger vernahm das hastige Geklapper hoher Absätze auf der gewundenen Treppe. Sein eben noch schmerzerfüllter Gesichtsausdruck verwandelte sich in ungläubiges Staunen, als er sah, wer zwei Etagen unter ihm zielstrebig die Stufen hinaufkam.

Sein Ledermantel knarzte verräterisch, als er unversehens die Richtung änderte und ein Stockwerk höher schlich, um Selma Melle-Schneiders aus dem Weg zu gehen. In seiner Hast vergaß er jedoch, hinter sich die Tür zu schließen.

Die für ihr zugleich eigenwilliges und labiles Wesen bekannte Dame war jetzt an der offenen Wohnungstür angelangt, wo sie einen Moment lang mit ihrem Gleichgewicht kämpfte. Nachdem sie dieses wiedererlangt hatte, verstaute sie in aller Eile ihre Zigaretten und eine schwarzgelb gemusterte Streichholzschachtel in ihrer weißen Handtasche. Erst dann fiel ihr auf, dass die Tür offen stand. Ihre Verwunderung währte nur kurz, dann wankte sie schulterzuckend in das Apartment.

Mit einem Knall fiel die Tür hinter ihr ins Schloss.

Kein Zweifel, Katharinas Mutter hatte wieder einiges getrunken. Gallauer spähte vorsichtig die Treppenstufen hinunter, um sich zu vergewissern, dass er unbemerkt passieren konnte. Schließlich stieg er, fast wie in Trance, die Treppe wieder hinab. Jede Stufe abwärts versetzte ihm einen Stich in seinem Herzen.

2

Nicht schlecht, dachte Alex Brandtner, während er ein schlichtes dunkelblaues Jackett bewunderte, das im Licht der Morgensonne zwischen der übrigen Schaufenstergarnitur vorteilhaft ins Auge fiel.

Auch seinem naseweisen Schäferhund schien die Jacke zu gefallen. Jedenfalls hatte der den Kopf schief gelegt und wedelte zustimmend mit dem Schwanz.

Es war ohnehin Zeit für ein Update seiner Garderobe, und so betrat der Kriminalkommissar kurzerhand das kleine Herrenbekleidungsgeschäft, das zu dieser frühen Stunde, abgesehen von einer jungen Verkäuferin, die in einem Regal mit blassblauen Oberhemden wühlte, leer war.

Geschäftstüchtig wandte sie sich Brandtner zu, dessen Eintreten von einem freundlichen Bimmeln verkündet wurde. »Was kann ich für Sie tun?«, fragte die blonde Frau zuvorkommend.

»Sie könnten mir helfen, einen Anzug zu finden«, erwiderte der Kommissar, während er Rex, der neben einem Schild mit der Aufschrift *Hunde müssen draußen bleiben* schmollend auf dem Gehsteig saß, durch die Scheibe zu verstehen gab, er solle sich ein wenig gedulden.

Die Verkäuferin, die Brandtners Gesten aufmerksam beobachtet hatte, zeigte indessen Erbarmen mit dem ausgeschlossenen Tier. »Von mir aus können Sie ihn ruhig mit hereinnehmen«, sagte sie mit einem wohlwollenden Lächeln.

Schwanzwedelnd sprang Rex auf die Beine, als sein Herrchen ihm auffordernd die Tür öffnete, und tapste in das Geschäft, wo er sich zunächst einmal mit Kennermiene umsah.

»Na prima, er ist nämlich mein Modeberater«, sagte der Kommissar zu der Verkäuferin und warf Rex einen verschwörerischen Blick zu.

Nicht schlecht, dachte an diesem Morgen auch ein älterer Obdachloser, während er seinen hungrigen Blick suchend über den Abfall in der Tiefgarage eines namhaften Wiener Hotels schweifen ließ.

Schlecht wurde ihm anschließend. Er schob einige Gemüsereste beiseite und wich erschrocken zurück: Zwischen vergammelten Tomaten und den welken Blättern eines Kopfsalats erschien ein Gesicht – das Gesicht eines toten Mannes, fahl und grau, darunter bordeauxrote Seide über einer blutverschmierten Brust.

»Um Gottes willen!«, stieß der Obdachlose mühsam hervor. Der grausige Fund ließ seinen Atem stocken. Hilflos sah er sich um. Einen Moment lang wusste er nicht, was er tun sollte.

Dann setzte er sich schwerfällig in Bewegung und humpelte, so schnell ihm dies auf seinen wunden Füßen möglich war, die Garageneinfahrt hinauf zum Eingang des Hotels.

Alex Brandtner fühlte sich seltsam unförmig in dem grauviolett changierenden Sakko mit den leuchtend weißen Streifen, das die Verkäuferin ihm unter der Versicherung, dieser Stil sei der letzte Schrei in Mailand, euphorisch angepriesen hatte.

Zweifelnd betrachtete er erst sich, dann Rex in dem Ganzkörperspiegel. Der Hund neben ihm bellte begeistert. Augenscheinlich gefiel Rex das in Mailand angeblich so angesagte Stück. Das modisch versierte Tier hatte das gestreifte Sakko nach einer kleinen Expedition durch die Fluten der behängten Kleiderständer höchstpersönlich angeschleppt.

Brandtner runzelte skeptisch die Stirn. Ein Schäferhund in Begleitung eines bunten Hundes, so konnten sie ja wohl schlecht auf die Straße gehen.

Auch der junge Mann in dem schicken Armani-Anzug, der von einem gerahmten Poster zwischen den beiden Umkleidekabinen auf sie herabgrinste, machte den Eindruck, als müsste er vor Lachen jeden Moment aus dem silbernen Rahmen fallen.

Doch Brandtners Handy, das sich in diesem Augenblick aus der Innentasche seines alten Jacketts meldete, zwang den Kommissar zu einer schnellen Entscheidung, denn Kollege Christian Böck rief ihn zum sofortigen Einsatz: Im Abfallentsorgungsbereich einer Hoteltiefgarage hatte man eine Leiche gefunden. Die Spurensicherung war bereits vor Ort.

»Ich muss leider weg«, erklärte er der verdutzten Verkäuferin kurz angebunden. »Ich nehme das und behalt es auch gleich an.« Er meinte das modisch gestreifte Sakko, das immerhin die Zustimmung seines Hundes gefunden hatte – mal abgesehen von den Begeisterungsstürmen der Fachfrau.

»Sie haben etwas vergessen«, sagte diese, als Brandtner schon an der Tür war. Er drehte sich erstaunt um.

»Mafia?«, fragte sie süffisant und hielt ihm seine Dienstwaffe hin, nach der er sofort verlegen grapschte.

»Polizei«, entgegnete er lächelnd und hoffte, dass sie darüber nicht allzu enttäuscht war.

»Sehr mutig«, lautete Böcks ironischer Kommentar, als der Kriminalkommissar in seinem neuen Sakko neben Rex die Garageneinfahrt hinunter schritt. Brandtner hatte seine neueste Errungenschaft, die eigentlich so gar nicht zu seinem Typ passte, schon fast wieder vergessen.

Dr. Graf blickte kurz von seiner gerichtsmedizinischen Arbeit auf. »Da schau her … ein neues Sakko?«, sagte auch er mit auffälliger Belustigung in der Stimme.

»Habt's ihr zwei eigentlich keine anderen Sorgen?«, fragte der groß gewachsene junge Mann mürrisch zurück und deutete mit ausgestrecktem Zeigefinger auf die Leiche des Mannes, die vor ihnen auf dem Asphalt lag.

Alle senkten den Blick auf den Toten.

Sein dunkelroter Bademantel war auf der Brust geöffnet, wodurch die kleine Wunde über der Herzgegend sichtbar wurde.

Nach einer kleinen Weile betroffenen Schweigens erklärte Böck dem Kommissar: »Ein Obdachloser hat ihn vor einer knappen Stunde gefunden. Wir haben ihn noch nicht identifizieren können.«

Dr. Graf zwirbelte nachdenklich seinen angegrauten Schnauzbart. »Was mir zu denken gibt, ist, dass das Blut nicht so in das angrenzende Gewebe ausgetreten ist, wie das bei einer frischen Wunde üblich wäre.«

Brandtner musterte das jugendliche Gesicht des toten Mannes. Es war sehr ebenmäßig; darüber dichtes, dunkles Haar. Gewiss war er ein Frauenschwarm gewesen. Der Mann kam ihm irgendwie bekannt vor …

Plötzlich schlug er sich gegen die Stirn: »Natürlich! In dem Herrenmodegeschäft vorhin, da hing ein Poster mit einem Anzugmodel. Der Tote war das Model!«

Dr. Graf und sein Kollege Böck vom Kriminaldezernat, der etwa zwei Köpfe kleiner war als der Gerichtsmediziner, sahen ihn erstaunt an.

Hastig kramte der Kommissar aus seinem Portemonnaie die Rechnung über das neu gekaufte Sakko hervor, auf der die Telefonnummer des Modegeschäfts vermerkt war, und drückte sie Böck in die Hand: »Ruf dort an, und versuch über die

Verkäuferin herauszufinden, wer das Model auf dem Poster ist.«

»Mach ich doch glatt.« Der dunkelblonde Polizist zückte sein Handy und entfernte sich damit einige Meter von den anderen beiden, die sich nun wieder dem schönen Toten zuwandten.

»Kannst du mir was über die Tatzeit sagen?«, erkundigte sich der Kriminalkommissar bei Dr. Graf.

Dieser rückte nachdenklich seine Brille zurecht. »Der Mann ist schätzungsweise seit 12 bis 14 Stunden tot.«

»Also ist es gestern Abend passiert«, murmelte Brandtner. Noch eine weitere Schlussfolgerung lag auf der Hand, auch wenn sie im Moment etwas albern klang: »Seiner Bekleidung nach zu urteilen, ist er bereits als Toter hierher gebracht worden.« Es war höchst unwahrscheinlich, dass der Mann nachts im Bademantel auf der Straße herumgelaufen war.

Hektische Schritte rissen Brandtner aus seinen Überlegungen. »Aha, die Herren von den Mittagsnachrichten«, raunte er Leo Graf zu, als er einen Reporter und einen Kameramann auf den Fundort der Leiche, die ansonsten wenig spektakulär anmutende Mülltonne, zueilen sah.

Der Kameramann wurde jedoch durch Rex aufgehalten, der sich demonstrativ vor seiner viereckigen Linse aufbaute, während der Mann einen kurzen Zwischenstopp einlegte, um sich einen Überblick über den Ort des Geschehens zu verschaffen. Belustigt nahm dieser den posierenden Hund ins Visier.

»Es ist nicht zu fassen. Findest du nicht, dass der immer eitler wird?«, kommentierte Christian Böck, der soeben sein Telefonat beendet hatte, kopfschüttelnd die Szene. Seine Telefonrecherche war indessen erfolgreich gewesen: »Also, der Name des Mannes ist Marc Reinhardt, und er hat als Model gearbeitet. Ich habe auch seine Agentur aufgetrieben. Der Chef heißt Pit Gallauer.«

»Okay, danke.« Nicht ohne Selbstironie zupfte Brandtner sein extravagantes Sakko zurecht, bevor er seine nächste Arbeitsanweisung gab: »Du nimmst dir mit dem Kunz bitte die Wohnung vom Reinhardt vor.« Es ging hier schließlich um seine Glaubwürdigkeit als Vorgesetzter.

Böck musste sich abwenden, um ihm nicht direkt ins Gesicht zu grinsen. In diesem Aufzug sah der Herr Kriminalkommissar aber auch zu komisch aus. Ob das Herrenmodegeschäft auch Pappnasen verkaufte?

3

Ein beinahe leeres Glas Rotwein und die Überreste einer ehemals prachtvollen Kokainstraße: Stirnrunzelnd betrachtete Christian Böck die Spuren von Marc Reinhardts vermeintlicher Henkersmahlzeit auf dem blanken Glastisch.

Das Apartment des beliebten Models war großzügig geschnitten, hell und spärlich möbliert. Die Einrichtung spiegelte jenen leichtlebigen Lebenswandel wider, der ihn in der Modebranche und über den Catwalk begleitet hatte.

Im Hintergrund lief der Duschgelwerbespot. Fritz Kunz starrte neiderfüllt auf die eindrucksvolle Duschperformance des perfekt gebauten Darstellers. In der einen seiner mit Plastikhandschuhen überzogenen Hände hielt Kunz die Fernbedienung, während die andere beschämt über seinen beachtlichen Bauchansatz strich, über dem sich sein weißes Hemd spannte.

Seinem Kollegen war die frustrierte Miene des Wurschtsemmel-Experten nicht entgangen. »Fesch war der schon, da gibt's nix«, gab Böck gönnerhaft zu und beobachtete dabei grinsend den leicht verstimmten Mann mit der Fernbedienung.

»Und so schön schlank«, maulte dieser und schaltete schließlich deprimiert den Videorekorder aus.

Mittlerweile hatte sich Böck der hellen Couchgarnitur in Reinhardts schmuckem Apartment zugewandt. »Schau, da sind ganz winzige Blutspuren«, sagte er zu Kunz.

Der besah sich nun ebenfalls die feinen roten Spritzer auf dem erlesenen Stoff: »Das heißt, wir können davon ausgehen, dass er hier erstochen wurde.«

»Das nenn ich kriminalistischen Spürsinn.« Böck schlenderte zu Marc Reinhardts Schreibtisch hinüber. »Außerdem wurde die Tür nicht aufgebrochen.«

Wieder zog Kunz brav die scharfsinnige Schlussfolgerung: »Wir können also davon ausgehen, dass er seinen Mörder gekannt hat.«

»Alle Achtung.« Böck nahm ein Brieföffner-Set vom Schreibtisch des ermordeten Models und musterte aufmerksam den lederüberzogenen Behälter. Ausgerechnet der Brieföffner fehlte. »Hier sollte normalerweise ein Brieföffner drin sein, der allerdings nirgends zu finden ist.« Sein geschulter Blick hatte bereits die gesamte Schreibtischablage überprüft.

Auch für dieses Kuriosum war Kunz mit einer passenden Erklärung zur Stelle: »Vielleicht die Mordwaffe?«, rief er aus der Küche. Er selbst hatte gerade den Kühlschrank inspiziert, der außer Obst und Mineralwasser nicht viel aufzuweisen hatte. »Kein Wunder, dass die alle so dürr sind«, murmelte er trotzig. Anschließend widmete er sich dem Abfalleimer, um mit spitzen, behandschuhten Fingern den Inhalt in einer Plastiktüte zu verstauen. Die Suche nach Beweismaterial im Hausmüll, für die Kunz sich heute aus freien Stücken zuständig erklärt hatte, erwies sich immer als eine recht undankbare Aufgabe. Seufzend begab er sich zurück ins Wohnzimmer, um auch dort einen Blick in den Papierkorb zu werfen.

Was er hier fand, war keineswegs so unangenehm wie die sonstige Mischung aus leeren Chipstüten und verklebten Lebensmittelresten und zusammengeknüllten Taschentüchern. Auch Böck blickte überrascht vom Schreibtisch auf, als der findige Polizist aus dem schwarzen Design-Mülleimer, wie ein Zauberer aus seinem Zylinder, einen roten Damenslip zum Vorschein brachte.

»Dafür bist du also zuständig«, ließ sich sein neidischer

Kollege von dem Tisch auf der anderen Seite des Raumes vernehmen.

»So ist das eben, wenn Profis am Werk sind«, erwiderte Kunz weise.

Während seine beiden Kollegen Marc Reinhardts Apartment durchkämmten, wollte Brandtner sich einmal genauer in der Agentur von Reinhardts Auftraggeber umsehen.

Seine Geduld wurde auf eine harte Probe gestellt, denn Pit Gallauer schien außergewöhnlich beschäftigt. Schließlich wurde es dem Kommissar zu bunt, und er nutzte eine kurze Unaufmerksamkeit der Sekretärin, um sich mit Rex heimlich durch die schwere Mahagonitür in Gallauers Bürozimmer zu schieben.

»Ich weiß auch nicht, warum Kiki plötzlich nicht mehr blond ist. Ja, tut mir auch Leid«, dröhnte ihm die erregte Stimme eines leger gekleideten Mannes mittleren Alters entgegen, der am Ende eines weitläufigen Raumes hinter seinem Schreibtisch saß und telefonierte.

Brandtner versuchte, durch lustige Winkzeichen auf sich aufmerksam zu machen. Als ihn der Agentur-Chef jedoch lediglich verständnislos anstarrte, rief er schließlich mit lauter Stimme quer durch den Raum: »Kriminalpolizei. Entschuldigen Sie, Herr Gallauer, aber ich muss Sie dringend sprechen.«

Gallauer nickte ihm verstehend zu. »Du weißt doch, wie Frauen sind. Kaum haben sie Liebeskummer, rennen sie zum Friseur und lassen irgendeine Verrücktheit mit ihren Haaren anstellen. Hör zu, ich ruf zurück … Nein, ich kann jetzt nicht«, schnappte er noch in den Hörer, bevor er diesen unsanft zurück auf die Gabel beförderte.

Brandtner beeilte sich, sein Anliegen vorzutragen.

Als der Name Marc Reinhardt fiel, lehnte Gallauer sich in seinem schwarzen Bürosessel unbehaglich zurück. »Ich habe ihn vorgestern zum letzten Mal gesehen.« Er bemühte sich, gelassen zu klingen, doch die Anspannung war seiner heiseren Stimme und vor allem seinem unglücklichen Gesichtsausdruck deutlich anzumerken. »Gestern Nachmittag haben wir aber noch telefoniert. Er war mein bestes Model. Marc hat einfach unwiderstehlich ausgesehen. So ein Gesicht und so einen perfekten Körper gibt's ganz selten.«

Brandtners Blick fiel auf ein Foto des Toten, das in einem kleinen, schlichten Goldrahmen auf dem Schreibtisch stand und, soweit er es beurteilen konnte, selbst dem Auge eines Laien bestätigte, was der geknickte Mann über das Aussehen seines Models gesagt hatte. »Was wissen Sie denn über seinc privaten Verhältnissc?«, fragte der Kommissar aufmerkend. Allein das Bild ließ auf eine besondere Beziehung schließen, in der der Agentur-Chef zu Reinhardt gestanden haben musste.

Doch Gallauer blieb in seinen Aussagen recht vage: »Nichts Konkretes.« Er rutschte jetzt auf seinem Sessel hin und her, als müsste er einer Ameisenstraße ausweichen, die gerade quer über die Sitzfläche marschierte. »Die Frauen sind auf Marc naturgemäß geflogen wie die Motten auf das Licht.«

»Und die Männer?«

»Auch, aber damit hatte er nichts am Hut. Ihn interessierten nur Frauen.«

Der Kommissar glaubte aus Gallauers Antwort einen Anflug von Bedauern herauszuhören. »Hatte er Familie?«, forschte er weiter.

»Seine Eltern sind beide tot, Geschwister hatte er keine. Seine Familie war die Modeszene«, erwiderte Gallauer versonnen lächelnd. »Heute Abend hätte er bei Selma Melle-Schneiders die Sommerkollektion vorführen sollen.«

»Herr Gallauer, ich muss Sie das fragen: Wo waren Sie gestern Abend?«

Irritiert hob der Modelexperte den Kopf. Diese Frage behagte ihm nicht, die ihn indirekt zu einem Verdächtigen erklärte. Umso eiliger hatte er es, den ungebetenen Gast und seinen neugierigen Hund endlich loszuwerden, und er war sogar bereit, dafür zu lügen: »Hier in meinem Büro. Ich habe gearbeitet, bis circa zwei Uhr nachts.« Anschließend setzte er mit einem unschuldigen, fragenden Blick hinzu: »Aber was soll diese Frage?«

»Reine Routine. Gibt's Zeugen dafür, dass Sie da waren?«

»Nein, meine Sekretärin geht um fünf.« Wenigstens das war die Wahrheit.

In Selma Melle-Schneiders Modeatelier herrschte emsige Betriebsamkeit. Den flinken Händen der Stylisten und den angespannten Gesichtern der Models war anzusehen, dass die letzten Vorbereitungen für die am Abend bevorstehende Modenschau auf Hochtouren liefen. Aufgeregt rannte man zwischen den hohen, rotbraun gerahmten Fenstern umher, die fast bis zum Boden reichten. Durch die Scheiben drang dennoch nicht viel Licht, weil sich der Himmel draußen gerade bedrohlich zugezogen hatte. Es schien, als versänke heute Abend alles um die mit Spannung erwartete Show herum in bedeutungsloser Dunkelheit, während die elegante neue Melle-Schneiders-Kollektion als ein Lichtblick in der nationalen Modewelt gefeiert wurde.

Marie Pucher, die erfahrene rechte Hand und zugleich engste Vertraute der bekannten Modeschöpferin, eilte zwischen zwei üppig beladenen Kleiderstangen hindurch und platzte mitten in einen Mutter-Tochter-Streit.

»Du hast meine Entwürfe aus der Kollektion genommen?«, schrie die hübsche junge Frau beinahe hysterisch.

»Ich hab es mir eben anders überlegt. Du bist noch nicht so

weit«, entgegnete Selma Melle-Schneiders und bedachte ihre Tochter mit einem herablassenden Blick, der den aufkeimenden Streit eigentlich vorzeitig beenden sollte. Nervös glättete sie ihre langen hennaroten Haare und setzte dabei das Champagnerglas an die Lippen, das sie mit der anderen Hand umklammert hielt wie einen Haltegriff in einem rasant abbiegenden Linienbus.

Hätte man sie in Stein meißeln wollen, das Champagnerglas wäre wohl das unabkömmliche Insignium dieser Frau, dachte Marie Pucher, bevor sie sich in das Streitgespräch mischte. Katharinas blassblaue Augen sprühten Funken; die Auseinandersetzung konnte jeden Moment eskalieren.

»Gleich ist *Wien aktuell* im Fernsehen. Da kommt ein Bericht über uns«, warf die ältere Dame aufgeregt ein und hoffte, damit die gefährlich aufschäumenden Wellen, die zwischen Mutter und Tochter hin und her schlugen, ein wenig zu besänftigen.

Schmollend folgten ihr beide zu einem kleinen Fernseher, vor dem sich bereits einige Mitglieder der Crew eingefunden hatten.

»Heute Abend stellt die Wiener Modeschöpferin Selma Melle-Schneiders ihre neue Frühjahrs- und Sommerkollektion in ihrem Atelier vor. Eine Modenschau bei Selma Melle gilt in der Wiener Gesellschaft als Pflichttermin.« Der schwungvoll vorgetragene Text untermalte eine Sequenz aus dem Atelier der Modeschöpferin, in der sie energievoll einige Entwürfe zeichnete.

Marie Pucher nutzte das kurze Schweigen des Kommentators, um ihrer Chefin mit der Strenge einer besorgten Mutter zuzuflüstern: »Du solltest dich mit dem Trinken ein bisschen zurückhalten. Du musst heute Abend fit sein.«

Da meldete sich der Nachrichtensprecher wieder zu Wort: »Eben erreicht uns noch eine Meldung: Heute Vormittag wurde in einer Tiefgarage in der Wiener Innenstadt ein Mann erstochen aufgefunden. Der Tote ist noch nicht offiziell identifiziert worden. Unbestätigten Meldungen zufolge handelt es sich um das Wiener Top-Model Marc Reinhardt.«

Ein erschrockener Ruck ging durch die kleine Gruppe vor dem Fernseher. Plötzlich redeten alle durcheinander. »Ich hab mich schon gewundert, wo der bleibt …«, und ähnliche Sätze fegten hinweg über die Köpfe der drei Personen, die ganz vorne, in der Mitte der aufgewühlten Gruppe, als Einzige schweigend vor dem flimmernden Bildschirm standen.

In einer kleinen Hausmeister-Wohnung, im Haus gegenüber des Apartments des Toten, lief ebenfalls der Fernseher und kündigte soeben an, dass es »weitere Informationen über den Mordfall in der nächsten Sendung« geben würde.

Frau Vuitkovic schloss den Mund, der ihr die ganze letzte Minute lang schaudernd offen gestanden hatte. Wie elektrisiert wandte sie sich von ihrem Bügelbrett ab und ihrem Mann zu, der im Bademantel feist auf dem Sofa saß und sich auf das Öffnen seiner Bierdose konzentrierte.

»Hast du das gehört?«, wisperte Frau Vuitkovic erregt. »Dieser Marc Reinhardt, der hat doch dort drüben gewohnt. Vielleicht hat das etwas mit dem Mann mit dem Fernglas zu tun, den ich auf dem Dachboden gesehen habe.«

»Du schaust zu viele Krimis«, stellte ihr Mann nur gleichmütig fest und nahm einen Schluck von seinem warmen Bier.

»Sollt' ich nicht doch zur Polizei gehen?«

»Den Arschlöchern wirst du nicht helfen.« Die Aussicht auf neugierige Beamte, die durch seine Wohnung stapften und sich in fremde Angelegenheiten mischten, reichte aus, um Herrn Vuitkovic aus seiner Lethargie zu reißen. »Wie die mich das letzte Mal behandelt haben, als die hier waren!«, schimpfte er, während er sich mit einem feindseligen Ruck aufsetzte.

»Du weißt auch warum«, gab seine Frau aus sicherer Entfernung vorsichtig zu bedenken.

»Wenn du nicht immer an mir herumkritisieren würdest, dann wäre ich auch nicht auf dich losgegangen!«, donnerte der massive, angetrunkene Ehemann plötzlich aus seiner Sofaecke, und um die Zentimeter, die der sich aufrichtende Mann größer wurde, schrumpfte seine Frau hinter ihrem Bügelbrett unwillkürlich zusammen.

»Wiens Jetset feiert in schrägen Locations. Letzter Schrei: das Clubbing in der Lagerhalle. Immer umschwärmt: Top-Model Marc Reinhardt zwischen der Designer-Diva Selma Melle-Schneiders und ihrer aparten Tochter Katharina. Rechts Pit Gallauer, Agentur-Chef und Reinhardts Entdecker.« Kunz ließ die Zeitung sinken, um sich mit viel Gefühl einer belegten Semmel zu widmen, die im Augenblick das Zentrum seines Schreibtischs bildete.

»Der dürfte der Liebling der gesamten Highsociety g'wesen sein«, vermutete Böck, der über die Schulter seines schmatzenden Kollegen hinweg nachdenklich das Zeitungsfoto mit den erwähnten Personen aus der Wiener Modeszene betrachtete.

Über Kunz' andere Schulter beugte sich jetzt Alex Brandtner, um ebenfalls einen forschenden Blick auf den Bildausschnitt zu werfen. Plötzlich stutzte er: Außer den im Artikel genannten Personen war im Hintergrund noch ein weiterer Mann abgebildet. »Auf alle Fälle müssen wir das vergrößern lassen«, wies er Kunz an, ohne den Blick von der Personengruppe auf dem Bild zu heben. »Ich will wissen, ob der Typ dahinten nicht ein alter Bekannter von mir ist.«

Von der anderen Seite des Schreibtischs her näherte sich jetzt Rex. Er legte die Vorderpfoten auf die Tischkante und beschnupperte das große Sandwich, das mitten auf Kunz' Tisch lag und das dem Hund dort vollkommen schutzlos ausgeliefert war.

Doch der speisende Polizist machte sich wenig Sorgen um den Verlust seiner herzhaften Mahlzeit. Wie er schon vorhergesehen hatte, zog der hungrige Schäferhund den Kopf bald unverrichteter Dinge wieder ein und trollte sich zurück in sein Eckchen.

Die beiden anderen sahen den Spürhund über das Sandwich hinweg erstaunt an.

»Rex, was ist denn los? Jetzt willst du nicht einmal mehr die Jause vom Fritz?«, mockierte sich Böck.

Allein dieser konnte ihm das merkwürdige Verhalten des Hundes erklären: »Das ist Vollkorn mit Tofu. Ich habe mir gedacht, ich achte mal ein bisserl auf meine Linie.«

Ein erheiterter Blick wurde hinter Kunz' Schultern ausgetauscht.

Dann machte sich Brandtner auf den Weg zur Tür. »Ich schau mir mal die Firma Melles-Schneider an.«

»Melle-Schneiders«, korrigierten ihn seine beiden Kollegen wie aus einem Mund.

»Entschuldigung, wo kann ich Frau Melles-Schneiders finden?«, erkundigte sich der Kommissar bei einem männlichen Model in einem nachtblauen Trenchcoat, das im wiegenden *Catwalk* gerade auf das Ende des Laufstegs zuspazierte.

Der luftig-weiß dekorierte Showroom, in dem die Modenschau stattfinden sollte, wimmelte nur so von geschäftiger Haute Couture, sodass dem eintretenden Kriminalkommissar und seinem Hund zunächst kaum Beachtung geschenkt wurde. Erst der Herr auf dem milchig schimmernden Laufsteg reagierte auf seine verzweifelten Zurufe – und auf seine missglückte Verwendung des »s«-Lauts in dem extravaganten Doppelnamen.

»Melle-Schneiders«, berichtigte der junge Mann ihn schmunzelnd, bevor er auf eine Treppe am anderen Ende des Raumes wies. »Sie ist oben. Gehen Sie nur einfach rauf.«

Als Brandtner zwischen den Modespezialisten, die wie aufgeschreckte Hühner umherwuselten, zur Treppe hindurchhuschen wollte, fiel ihm auf, dass sein Hund ihm nicht folgte. »Offensichtlich gefällt's ihm hier bei Ihnen. Kann ich ihn kurz dalassen?«, rief er zu dem jungen Mann auf dem Catwalk hinauf.

»Aber klar!«, grinste dieser und kniete sich an den Rand des Laufstegs, um den Kopf des entzückten Schäferhundes zu tätscheln, der aufmerksam hin und her blickte und mit gespitzten Ohren das Geschehen im Showroom verfolgte.

Am oberen Treppenabsatz begegnete der Kommissar einer jungen blonden Frau, die einige Kleider umhängte und ihm bereits misstrauisch entgegenblickte. Sie hatte etwas Unnahbares und Fragiles, ihre Haut schimmerte transparent wie die einer Porzellanpuppe.

»Brandtner, Kriminalpolizei. Frau Melle?« Brandtner sparte sich vorsichtshalber den gesamten Doppelnamen, an den er sich nach einer Minute schon wieder kaum erinnern konnte. Dennoch lag er wieder falsch.

»Nein, nur Schneiders«, wurde er von der Jungdesignerin hochmütig belehrt. »Woher kennen Sie mich?«

Brandtner bemerkte schnell, dass die offensive Arroganz der stolzen jungen Dame lediglich ihre Nervosität zu überspielen suchte. »Ich habe eben ein Zeitungsfoto von Ihnen gesehen – mit Marc Reinhardt«, sagte er daraufhin etwas versöhnlicher.

Ihre Äußerungen blieben jedoch weiterhin schnörkellos und abweisend. »Haben Sie schon etwas herausgefunden?«, fragte sie gerade heraus.

»Nein, deswegen bin ich hier. Wie gut haben Sie ihn gekannt?«

»Er hat für uns sehr oft gearbeitet.« Das klang nach einem weniger herzlichen Verhältnis – die Frage war nur, ob dies auf Gegenseitigkeit beruhte.

»Und das war alles?«, hakte der Kommissar misstrauisch nach.

»Ja, ich weiß nicht viel über ihn.« So souverän, wie sie ihre Antworten vortrug, musste man ihr fast glauben.

»Haben Sie gewusst, dass er Drogen genommen hat?«, fragte Brandtner.

Das Mädchen zuckte desinteressiert mit den Schultern. »Das ist doch in der Branche nichts Besonderes.«

»Und woher hat er die Drogen bekommen?«

»Keine Ahnung. Ich habe mit so etwas nichts zu tun.«

Brandtner beschloss, das wenig ergiebige Frage-Antwort-Spiel zu beenden. »Freut mich zu hören. Wo finde ich denn Ihre Mutter?«, war die einzige Frage, die ihn im Augenblick weiterzubringen schien.

»Sie ist oben im Salon. Zweite Tür rechts. Aber rechnen Sie damit, dass sie ziemlich nervös ist und etwas getrunken hat. Vor einer Modenschau ist das immer so.«

Der Kommissar bedankte sich, ein wenig verwundert über den plötzlichen Redeeifer der bisher recht einsilbigen und unkooperativen Katharina Schneiders, und eilte eine weitere Treppe hoch in den Salon.

Wenn man vom Teufel spricht, dachte Selma Melle-Schneiders, als der Kommissar die Stufen hinaufkam und sich höflich vorstellte. Gerade eben noch hatte sie Marie gestanden, dass sie die Situation nicht mehr länger ertragen konnte. Sie wollte der Polizei die Wahrheit sagen, dass sie nämlich am Vorabend bei Marc gewesen war.

»Das wirst du nicht tun!«, hatte Marie ihr äußerst aufgebracht widersprochen und zugleich ein solides Alibi erfunden:

»Wir haben hier gemeinsam gearbeitet, bis drei Uhr morgens, verstehst du?«

Ja, sie hatte verstanden. Sie musste durchhalten, nur das und nicht mehr. Sie setzte ihr Champagnerglas auf einer freien Stelle des großen Glastisches ab, der über und über mit Stoffresten und Entwürfen bedeckt war. Ach, Marie – was würde sie ohne die ausgeglichene ältere Dame bloß tun?

Die Modeschöpferin saß in einem Korbsessel und trug einen schlichten hellgrauen Hosenanzug, der einen auffälligen Farbkontrast zu ihrem leuchtend roten Haar bildete. Es war so glatt und glänzend, dass Brandtner beinahe glaubte, es sei nicht echt.

»Bitte, können Sie mich das alles nicht auch morgen fragen?«, stöhnte sie, ein wenig gekünstelt, wie dem erfahrenen Kommissar schien, und lehnte sich ermattet in ihrem Korbstuhl zurück, obgleich er mit seiner Befragung eben erst begonnen hatte.

»Sie müssen wissen, vor Modenschauen ist sie immer besonders nervös«, beeilte sich die ältere Dame mit den kurz geschnittenen rotblonden Haaren erklärend hinzuzufügen, die ihm als Marie Pucher vorgestellt worden war.

Ein Déjà-vu überkam den Kommissar. Er wusste sofort warum: Diese Bemerkung hatte er vor wenigen Minuten fast wörtlich schon einmal gehört. »Stimmt. Ich habe gerade Ihre Tochter getroffen.« Versuchten die beiden anderen etwa, die Modeschöpferin in Schutz zu nehmen? Dann wurde Brandtner gewahr, dass ihn zwei alarmierte Augenpaare fragend durchbohrten.

»Sie haben schon mit ihr geredet?« Nun kam Leben in Selma Melle-Schneiders theatralisch zusammengekrümmte Gestalt. Ihre Stimme klang bemüht beiläufig und seltsam schneidend zugleich, als sie sich misstrauisch erkundigte: »Hat sie Ihnen weiterhelfen können?«

»Ich habe den Eindruck, dass es ihr nicht sehr gut geht.« Die Wirkung seiner Worte konnte Brandtner förmlich an den Gesichtern der beiden Frauen ablesen, die einen verunsicherten Blick austauschten.

»Sie müssen wissen, meine Tochter ist etwas schwierig«, sagte die Modedesignerin schnell und machte eine wegwerfende Handbewegung, die ihre sensible Tochter mit Sicherheit gekränkt hätte. »Sie hat den Tod ihres Vaters nur schwer verkraftet. Er ist qualvoll an Krebs zu Grunde gegangen. Seine letzten Monate konnte er nur mehr mit starken Schmerzmitteln ertragen.«

»Das tut mir sehr Leid. Wann ist Ihr Mann denn gestorben?«, wollte der Kommissar wissen.

»Vor drei Jahren.«

»Offenbar hat sie ihn sehr geliebt.«

»Herr Brandtner, ich habe noch jede Menge zu tun. Ich fühle mich entsetzlich dabei, aber ich kann die Show nicht absagen.« Die rothaarige Frau erhob sich sehr abrupt, fast so, als hätte jemand einen Knopf betätigt – oder war es wegen eines unauffälligen Seitenhiebes von der scheinheiligen Marie Pucher, die dicht neben ihr stand? Diese schien sich jedenfalls verpflichtet zu fühlen, der Aussage ihrer Chefin im bedauernden Kondolenztonfall hinzuzusetzen: »Es würde Marc Reinhardt auch nicht mehr helfen.«

Wie viel Scheinheiligkeit wohnte in den heiligen Hallen des Modeateliers? Brandtner konnte es nicht mit Bestimmtheit sagen. »Nur noch eine Frage, Frau Melle-Schneiders«, begann er noch einmal, bevor die Designerin mit ihrem Champagnerglas hinter einem blutroten Wandschirm am Fenster verschwinden konnte. »Wo waren Sie vergangene Nacht?«

»Hier«, erwiderte die Gefragte mit einer Gelassenheit, die der Kommissar weniger ihrer Glaubwürdigkeit als vielmehr der zunehmenden Wirkung ihres Alkoholkonsums zuschrieb. »Ich habe mit Frau Pucher bis drei Uhr morgens an meiner Show gearbeitet. Das wird sie Ihnen gerne bestätigen.«

Die Pucher nickte zustimmend hinter ihrer Halbbrille.

Auf der Treppe hinab in den Showroom traf Brandtner ein zweites Mal auf die Tochter der Modeschöpferin – oder vielmehr schien diese ihn treffen zu wollen. »Und, was hat Ihnen meine Mutter erzählt?«, wisperte sie ihm angespannt entgegen, während sie sich wie eine Paranoide mehrfach umblickte.

Verhören und Aushorchen gehörten doch zu *seinen* Aufgaben … Geduldig ging er auf ihre vorwitzige Frage ein: »Genauso wenig wie Sie«, jedoch nicht, ohne dabei den Spieß erneut umzudrehen, »da war der Herr Gallauer schon gesprächiger.«

»Ach so?«

»Der Herr Gallauer«, begann der Kommissar und beobachtete sie währenddessen genau, »hat besonders betont, dass alle Frauen hinter Marc Reinhardt her waren. Und Ihre Mutter und Sie finden das in keiner Weise erwähnenswert. Und das, obwohl Sie beide viel mit ihm zusammen waren.«

»Beruflich«, lenkte Katharina Schneiders sofort ein und bedeckte ihre Augen, die verräterischen Spiegel der Seele, indem sie ihre langen Wimpern niederschlug.

Mit dem sicheren Instinkt eines Forschers kurz vor einer bahnbrechenden Entdeckung fragte Brandtner weiter: »Also stimmt das aus Ihrer Sicht nicht, was Herr Gallauer sagt?«

»Ich glaube, dass das mit den Frauen durch sein Image alles nur künstlich aufgebaut war. Außerdem, was sollten die angeblichen Frauengeschichten mit dem Mord zu tun haben?«

»Könnte ja sein.« Der Kriminalkommissar zuckte, mit der unbedarften Miene eines außenstehenden Beobachters, die Achseln. Anscheinend ließ die für seine Ermittlungen bahnbrechende Entdeckung, die er hinter den langen Wimpern der verschlossenen Frau vermutete, noch ein wenig auf sich warten.

Sein Diensthund schien derweil ernsthaft zu erwägen, das Metier zu wechseln: Unter dem wohlwollenden Gelächter der Anwesenden, denen ein wenig Ablenkung nur recht war, stolzierte er zwischen zwei Models den Laufsteg auf und ab und zeigte sich unter dem Lichtkegel eines transparent verhangenen Scheinwerfers von seiner besten Fellseite.

Sehr romantisch die Kulisse, wie Gassi gehen im Mondenschein, dachte Brandtner schmunzelnd. Er nahm Rex an der Spitze des Laufstegs in Empfang, bedankte sich bei den hilfsbereiten Models für den Unterricht im *Dogwalk* und zog seinen widerstrebenden Hund am Halsband aus dem Showroom.

Rex wirkte sehr zufrieden mit dem Besuch des Ateliers, doch sein Herrchen verließ den Modezirkus mit dem untrüglichen Gefühl, dass hier, speziell in den oberen Etagen des Gebäudes, mehr als ein Geheimnis darauf wartete, ins Rampenlicht gezerrt zu werden.

4

Zurzeit bereitete Kunz sein Job viel Freude. Er blätterte vollkommen ungeniert in einem Wäschekatalog, als Kollege Böck das Büro betrat, seinen schwarzen Ledermantel über die Lehne seines Stuhls warf und sich kopfschüttelnd neben Kunz aufbaute.

»Und das in der Dienstzeit!«, sagte er mit gespieltem Tadel.

»Ich versuche herauszufinden, wer die Besitzerin von dem Damenslip sein könnte, den wir in der Wohnung vom Reinhardt entdeckt haben«, verteidigte sich Kunz smart.

»Und?« Böck beugte sich nun ebenfalls über den Katalog. Er fand, es konnte nicht schaden, wenn er ein bisschen mitguckte.

»Das ist zwar eine sehr exklusive Marke, die sich nur wenige Frauen leisten können, aber die wenigen sind nach Auskunft der Firma auch ein paar Hundert.«

Die aufgeschlagene Seite zeigte jetzt den exakt gleichen roten Slip, wie ihn die vermeintliche Geliebte von Marc Reinhardt getragen hatte.

Doch die Bezeichnung »rot« wurde dem sündigen und vor allem sündhaft teuren Stück anscheinend nicht gerecht. Zumindest erschöpfte sich die Beschreibung der Broschüre nicht in der wenig dezenten Farbe, nein, das Ding hatte sogar einen Namen: »*Koralle* mit auberginefarbener Spitze, das Wäscheset für die luxuriöse Genießerin. Empfohlener Richtpreis – 2800 Schilling«, las Böck beeindruckt vor, beeindruckt vor allem vom Preis.

Sein Kollege pfiff anerkennend durch die Zähne. »Und so

was wird in den Papierkorb geworfen.« Er schlug das Heft zu. »Und was gibt's bei dir?«, wandte er sich übergangslos an Böck, als könnte nichts, was dieser zu berichten habe, mit seiner Wäscherecherche konkurrieren.

Der Angesprochene war zu seinem Schreibtisch zurückgekehrt, hatte den Telefonhörer aufgenommen und wählte eine Nummer. »Der Alex hat mal wieder Recht gehabt«, erklärte er währenddessen. »Der Typ, den er auf dem Foto zu erkennen glaubte, heißt Sascha und ist in der Szene als Drogendealer bekannt. Mehrfach vorbestraft. Angeblich versucht er jetzt, sich sein Geld als Barkeeper zu verdienen.«

Böcks Anruf und die aktuelle Information erreichten den Kriminalkommissar, als er gerade der grün gekachelten Gerichtsmedizin einen Besuch abstattete. Dr. Graf hatte ihn mit dem aktuellen Obduktionsbericht einen entscheidenden Schritt weitergebracht.

»Also sowas wie diese Geschichte habe ich in meiner ganzen Laufbahn noch nicht erlebt«, hatte der Gerichtsmediziner voller Respekt vor seiner eigenen Zunft verkündet. Und wer Dr. Graf kannte, der wusste, dass dieser Mann seinen Beruf mit Ernsthaftigkeit ausübte und auch verbal nicht gerade zu Übertreibungen neigte. Dann hatte dieser angefangen, dem Kommissar die in der Tat äußerst ungewöhnlichen Ergebnisse der Autopsie auseinander zu setzen:

»Marc Reinhardt ist gar nicht an einem Herzstich gestorben. Der Blutaustritt der Stichwunde signalisiert mir im Gegenteil, dass Reinhardt bereits tot war, als zugestochen wurde.«

Die wahre Todesursache bestand vielmehr in einer Atemlähmung. Man hatte in Reinhardts Blut neben Kokain und Alkohol auch eine Überdosis Methadon nachweisen können; Heroinsüchtigen oft als Ersatzdroge verordnet. Und jene Überdosis hatte bei dem Opfer Atembeschwerden und schließlich den Erstickungstod ausgelöst.

Brandtner rannte auf dem Rückweg beinahe gegen eine Glastür, als er in Gedanken die haarsträubende Schlussfolgerung zog, die Dr. Grafs sensationelle neue Erkenntnisse im Fall Reinhardt nahe legten: Offenbar wollte man den erfolgreichen Schönling zweimal hintereinander ermorden!

Variante eins: Es gab einen Täter, der das Methadon dem Wein beigemischt hatte, und dem Opfer dann, nur um ganz sicher zu gehen, noch zusätzlich ins Herz gestochen hatte.

Variante zwei: Reinhardt hatte versucht, sich mit der Überdosis Methadon das Leben zu nehmen und war anschließend von jemand anderem erstochen worden. Nur dass auf einen Selbstmord bisher so gut wie gar nichts hindeutete.

Variante drei: Es gab zwei Täter, die ihn gemeinsam umgebracht hatten oder aber im Gegenteil nichts voneinander wussten.

Rex wartete geduldig, bis sein Herrchen endlich die Glastür öffnete, vor der dieser eine ganze Weile grübelnd gestanden hatte. Der Schäferhund verstand, dass es hier um eine ganz besonders knifflige Angelegenheit ging.

Rot schien in der Welt der wohlhabenden Ästheten eine gern verwendete Signalfarbe zu sein. Bewundernd musterte Brandtner den schnittigen, hellroten Sportwagen, der vor dem Lagerhallen-Areal parkte, während er sich mit Rex dem großen Eingangstor näherte. Laut Böcks Recherchen musste der Sascha irgendwo auf diesem Industriegelände arbeiten. *Lagerhallen-Clubbing* versprach das Schild neben dem Eingang und pries die moderne Bar, die sich dahinter befand, als *schrägste Location der Stadt*, sozusagen als den Nabel der Wiener Nachtszene, an.

Die Bar bestand aus einem langen, dunklen Raum mit schwarzen Wänden, dessen einzige Gemütlichkeit in einigen rot gepolsterten Sesseln bestand, die sich vor den kahlen Wänden ungewöhnlich plüschig abzeichneten.

Nachdem sich seine Augen an das Halbdunkel gewöhnt hatten, entdeckte Brandtner hinter dem langen, auf Hochglanz polierten Tresen einen einzelnen Mann in einem lilafarbenen Muskelshirt. »Sascha! Lange nicht gesehen«, begrüßte er den Barkeeper wie einen alten Freund.

Der dunkelhaarige Mann mit dem Drei-Tage-Bart konnte die Begeisterung nicht ganz teilen. Stattdessen blickte er dem näher kommenden Kripobeamten einigermaßen gehetzt entgegen. »Herr Brandtner, was verschafft mir die Ehre?«, fragte er suspekt.

Dieser kam direkt zur Sache: »Halten wir uns nicht mit Höflichkeiten auf. Kennst du einen Marc Reinhardt?« Er ließ sich lässig auf einen der schwarz gepolsterten Barhocker nieder.

Sascha fuhr nervös fort, verschieden geformte Gläser zu spülen, bevor er antwortete: »Klar kenne ich den. Der war ein paar Mal hier. Ich hab das mit seinem Tod im Fernsehen gesehen.«

Da hob Rex witternd die Nase in die Luft.

Die abrupte Bewegung war seinem Herrchen nicht entgangen: Der unvermittelt erwachende Hunde-Instinkt war in der Regel ein zuverlässiges Zeichen. Unauffällig lehnte er sich auf dem Tresen vor, damit Sascha den Schäferhund nicht sehen konnte, der sich, die Nase am Boden, auf den Weg zu einer Regalwand im hinteren Teil der Bar gemacht hatte.

»Marc Reinhardt hat doch auch ganz gerne Drogen genommen«, setzte Brandtner sein kleines Verhör im Plauderton fort. »Irgendeine Ahnung, woher er die haben könnte?«

Der junge Mann schüttelte unwillig den Kopf, als wäre er selbst gerade des Handelns mit Drogen bezichtigt worden.

»Keine Ahnung. Sie wissen ja, ich habe damit längst nichts mehr zu tun.«

»Und wie kannst du dir diesen Schlitten leisten, der da vor der Halle steht?«, fragte Brandtner daraufhin ziemlich frontal und auch ziemlich laut, da Rex im Hintergrund den geräuschvollen Aufstieg auf das verdächtige Metallregal begonnen hatte. Dabei griff der Kommissar nach einem Autoschlüssel, der auf dem Tresen herumlag. Er hielt ihn Sascha zur Veranschaulichung seiner Frage, aber vor allem um von Rex' Akrobatikeinlage auf dem Regal visuell abzulenken, herausfordernd vor die Nase.

Ein lautes Scheppern ersparte Sascha den Versuch einer mühsam erlogenen Antwort. Gleichzeitig machte es Brandtners kleines Ablenkungsmanöver hinfällig.

Beide Männer wandten sich erschrocken zu dem voll beladenen Regal um.

Hoch oben, etwa drei Meter über dem Fußboden, versuchte Rex, die Balance zu halten, während er zwischen den Lamellen des Entlüftungsschachts ein Päckchen mit weißem Pulver hervorzog.

Der Kommissar sah sofort, dass der Schäferhund in Gefahr war.

Unter Rex' Gewicht neigte sich das Regal jetzt bedenklich weit in Richtung Theke, sodass der Hund, der sich mit dem Beweismaterial im Maul bereits zirkusreif umgedreht hatte, jeden Moment in die Tiefe stürzen konnte.

Entsetzt sprang Brandtner von seinem Barhocker auf und sprintete um die Theke herum zu der Regelwand. Er versuchte, sich mit gestrecktem Rücken gegen die schwankenden Längsverstrebungen zu stemmen, um das langsam nach vorne kippende Regal festzuhalten.

Rex blickte zögernd nach unten. Dann fasste er sich ein Herz und sprang mit einem mächtigen Satz von dem obersten Regalboden in die Tiefe. Er landete mit vier samtenen Pfoten kurz auf dem flachen Rücken des Polizisten und erreichte mit einem weiteren Sprung stolpernd den Boden.

Brandtner richtete sich sofort auf und ließ das Regal los, um sich nun seinerseits mit einem Hechtsprung vor die Theke zu retten. Ohrenbetäubend polterten hinter ihm die Regalböden samt ihrem losen Inhalt, Flaschen, Fässern und einem Faxgerät, auf den sorgfältig polierten Tresen.

Es dauerte einige kostbare Sekunden, bis der aufgewirbelte Staub sich gelegt, der Lärm sich verflüchtigt hatte.

Sascha war nirgends zu sehen.

Erst das leise Einrasten einer Hintertür verriet ihnen, wohin er sich im Schutz des dramatisch zusammenbrechenden Regals davongemacht hatte.

Der Kommissar und sein Hund setzten sich sofort in Bewegung. Sie spurteten zu der grünen Tür neben dem Fenster auf der Rückseite des Raumes, doch der flüchtige Dealer hatte sie mit einer Eisenstange von außen abgesichert. Das äußerst resistente Material hielt Brandtners heftigem Rütteln tapfer stand.

Kurzerhand stopfte der Kriminalpolizist das Päckchen Kokain in seine Manteltasche, das er Rex im Laufen abgenommen hatte, und angelte nach einem Sektkübel, der zwischen unzähligen Pappkartons mit Gläsern jeglicher Formen und Größen in der Ecke stand. Mit Schwung holte er aus und warf den silbernen Kübel durch das niedrige Fenster neben der Tür.

Das Echo von hundertfach splitterndem Fensterglas erschütterte den spärlich gefüllten, weiten Raum, dann war der Weg frei.

Rex sprang leichtfüßig durch das große, rundum gezackte Loch in der Scheibe, sein Herrchen kletterte hinterher.

Verglichen mit dem Lärm, den sie in der Bar veranstaltet hatten, war es in der angrenzenden Lagerhalle mucksmäuschenstill. Nur das sandige Tapsen von Rex' Pfoten war zu hören, als dieser durch die meterhohe Halle trabte, eine Reihe verschmutzter Fenster entlang bis zu einem seitlichen Stiegenhaus mit durchsichtiger Scheibe. Der Schäferhund marschierte geradewegs in das Stiegenhaus und eilte die Wendeltreppe hinauf auf die Galerie.

Brandtner wusste, dass die sensiblen Sinne des Tieres den Dealer aufgespürt hatten. Er verfolgte Rex' spiralförmigen Weg wachsam mit den Augen, als die Stille plötzlich erneut lärmend zerschnitten wurde. Es war das nagende Kreischen eines Industriebohrers, den Sascha – der Kommissar sah ihn jetzt auf der Mitte des oberen Laufgangs stehen – vor seinem Körper schwang, um sich die zähnefletschende Gefahr auf dem Treppenabsatz vom Leib zu halten. Die lange, gewundene Schraube, die Rex nun röhrend und rotierend bedrohte, zwang den Polizeihund bis zur obersten Treppenstufe zurück.

»Hauen Sie ab!«, schrie Sascha wütend über das Getöse des Bohrers hinweg. Da er wohl kaum den Hund siezte, musste Brandtner davon ausgehen, dass der junge Mann ihn unterhalb der Balustrade ebenfalls gesehen hatte. Ein Überraschungsangriff über den Aufgang an der anderen Seite würde ihn somit nicht mehr wirklich überraschen. Außerdem war der Weg zu weit.

Rex, der sich dem Dealer wieder bis auf wenige Schritte genähert hatte, musste in das Stiegenhaus zurückweichen, doch zeigte er weiterhin knurrend sein Furcht einflößendes Gebiss.

Brandtner wählte den kürzeren Weg und rannte zu der grünen Tür zurück, wo er den Sicherungskasten vermutete. Unzählige weiße Schalter starrten ihm nichtssagend entgegen, als er den Kasten dort tatsächlich vorfand. Hinter ihm röhrte der Bohrer.

Hastig begann er, die erste Reihe Schalter umzulegen, doch die Höllenmaschine lärmte unerbittlich weiter. Hinzu kam Rex' trotziges Bellen, in das sich – der Kommissar konnte es hören – allmählich ein wenig Furcht vor der Technik mischte.

Er riss wahllos alle Schalter herum, die ihm in die Quere kamen – und endlich, nachdem er bereits die Hälfte der Schalthebel herunter gedrückt hatte, erstarb das Kreischen, und es wurde wieder ruhig in der Halle.

Ganz ruhig war es dennoch nicht, denn jetzt erschollen von der Balustrade her zwei neue Lärmquellen: ein elektrisches Summen und ein aufgebrachtes Bellen. Keuchend spähte der Kommissar um die Ecke des Stiegenhauses.

Die Situation auf dem oberen Seitengang war nach wie vor kritisch: Sascha stand nicht mehr auf dem Gang, sondern hatte sich gleich einem berühmten Dschungelhelden, wenn auch weniger elegant, mit beiden Armen an einen Transporthaken gehängt. Dieser brachte ihn rasch dem anderen Ende der Halle entgegen und dem staubigen Boden wieder näher.

Brandtner spurtete los, doch es war ein weiter Weg bis zur gegenüberliegenden Querseite.

Plötzlich hörte das Summen auf. Vor den verwunderten Augen des Kommissars war der Haken mit dem Drogendealer etwa drei Meter über dem Boden, sachte hin und her schaukelnd, stehen geblieben. Brandtner drehte sich nach seinem Hund auf der Galerie um: Rex hatte den Hebel, mit dem der junge Mann den Lastenaufzug in Bewegung gesetzt hatte, mit einem kräftigen Nasenstüber wieder umgelegt. Dem Transporthaken fehlte der Saft.

Sascha blieb nur mehr der unsanfte Absprung – und Alex Brandtner blieb etwas mehr Zeit, um den Flüchtigen mit weiteren neugierigen Fragen an seinem Landeplatz auf dem Hallenboden zu empfangen.

Es wurde eine kleine Bruchlandung.

Sascha hielt sich mit schmerzverzerrtem Augenaufschlag den Knöchel und war kaum in der Lage aufzustehen, doch der Kommissar half ihm mit einem liebenswürdigen Grinsen auf die Beine.

»Du kannst deine Lage ein wenig verbessern, wenn du mir was über Marc Reinhardt erzählst«, nahm Brandtner, als wenn nichts gewesen wäre, den Gesprächsfaden dort wieder auf, wo sie durch Rex' Drogenfund so uncharmant unterbrochen worden waren.

Sascha stand unterhalb der Balustrade, mit dem Rücken zur Wand, und man konnte ihm ansehen, dass er sich auch genauso fühlte. »Der Marc war ziemlich drauf«, murmelte er kleinlaut, während der Kommissar ihm Handschellen an die überdehnten Gelenke legte.

»Nur auf Koks?«, erkundigte sich Brandtner.

Der junge Mann nickte und ruderte hilflos mit den zusammengebundenen Armen, da er nur auf einem Bein stand. »Er nannte das Zeug meine weiße Geliebte«, verriet er dem Kommissar spöttisch.

»Hat er es von dir bekommen?«

»Das war nicht nötig«, entgegnete Sascha, immer noch mit jenem sarkastischen Unterton in der Stimme. »Das hat schon sein Chef und größter Fan für ihn erledigt.«

Brandtner horchte auf. »Der Gallauer?«

Der Dealer nickte. »Für Marc hat der Pit alles getan. Der brauchte nur mit dem Ohr zu wackeln, schon ist er gelaufen ...«

»Haben die beiden ein Verhältnis gehabt?«

Sascha wusste die Frage offensichtlich nicht eindeutig zu beantworten, außerdem hatte er jetzt eigene Probleme. »Das müssen Sie schon den Pit persönlich fragen«, erwiderte er, während er verbittert nach dem Kokain-Päckchen schielte, das der Kriminalbeamte gerade unversehrt aus seiner Manteltasche hervorgezogen hatte. Mist, irgendwie saß dieser Typ mit seinem Köter immer am längeren Hebel.

Mit Einbruch der kühlen Nacht begann sich das kreative Chaos in Selma Melle-Schneiders' Modeatelier zu ordnen. Unter dem Blitzlichtgewitter der versammelten Medienwelt spazierte die Gastgeberin erhobenen Hauptes an der Reihe ihrer Models entlang, die in weite, beige und grau dominierte Roben und Mäntel gekleidet waren, und griff nach einem Mikrofon, das ihr von unten hinaufgereicht wurde.

Es wurde sofort still in dem romantisch beschienenen Raum, als die schöne, stolze Frau nach vorne auf den Steg trat. Die teils modeinteressierte, teils sensationslüsterne Menge hielt in diesem Augenblick wie auf Kommando den Atem an. Wer sie kannte, sah der Modediva das Bemühen an, die Contenance zu bewahren in den Wogen unkontrollierter Gefühlsausbrüche und kühler Berechnung.

Aus ihren Äußerungen und aus ihrem Äußeren sprachen Unschuld: weißer, hoch geschlossener Pullover, wenig figurbetonte, ebenfalls weiße Hose. Selbst die verräterisch roten Haare der temperamentvollen Frau waren streng nach hinten zusammengebunden.

Sie spürte, wie der Champagner seine Wirkung tat und wie das Blut ihr in den Adern prickelte; ein Hauch von Pathos mischte sich dazu. »Es heißt, wen die Götter lieben, den rufen sie früh zu sich«, sprach sie mit nervös zuckenden roten Lippen. »Ein grausames Wort, aber im Fall von Marc Reinhardt stimmt es. Marc musste sterben«, sie fühlte die Blicke der Anwesenden gebannt auf sich vereint und hielt einen kurzen Moment inne, um den dramatischen Höhepunkt ihres Auftritts zu genießen, »er musste sterben in der Blüte seiner Jahre. Ich widme den heutigen Abend seinem Andenken.« Mit bemüht wässrigem Blick eilte sie nach hinten von der Bühne.

Sofort setzte eine sphärische Musik ein, die den Models signalisierte, dass es Zeit war, mit der Show zu beginnen.

Die Gastgeberin hatte sich von der unbeschwerten, sommerlichen Atmosphäre des Laufstegs hinter die Kulisse verzogen. In einem Spiegel betrachtete sie zufrieden ihr Bild und begann schließlich damit, ihre Lippen blutrot nachzuziehen.

Rot leuchtete auch ihr Haar. Plötzlich tauchten am linken Rand des Spiegels hellblonde Strähnen auf, da ihre Tochter sich unmittelbar neben sie gestellt hatte und über die Schulter ihrer Mutter angriffslustig deren Spiegelbild anfunkelte. »Wen die Götter lieben, den rufen sie allzu früh zu sich«, zischte Katharina Schneiders verächtlich und löste sich mit einem wütenden Schritt zur Seite aus dem Schatten ihrer Mutter. Dadurch sah sie sich selbst nur noch zur Hälfte in dem edlen, goldgerahmten Erbstück gespiegelt. Ihr Blick fixierte dennoch weiterhin die andere Frau, die nach wie vor unbeeindruckt mit ihrem Lippenstift hantierte. »Du schreckst vor nichts zurück. Selbst Marcs Tod nutzt du, um dich in Szene zu setzen.«

Die Modeschöpferin ließ sich nicht aus der Ruhe bringen. Gleichmäßig beschrieb der rote Lippenstift seinen Bogen über den spöttisch verzogenen Mund, als sie ungerührt erwiderte: »Es ist unfair von dir, das zu behaupten.«

In dem Spiegel erschien plötzlich noch eine dritte Person, ein junger Mann mit dunklem Haar und recht freundlichem Hundeblick – und mit Hund obendrein.

»Entschuldigen Sie, dass ich hier so reinplatze«, sagte Brandtner zu den beiden Frauen, die unangenehm berührt herumfuhren.

Selma Melle hatte sich schneller gefangen als ihre Tochter. »Aber ich bitte Sie, das ist Ihr Job«, sagte sie betont höflich.

»Ich wollte Ihnen eigentlich nur noch eine Frage stellen: Waren Marc Reinhardt und Pit Gallauer ein Paar?« Eine sehr direkte Frage, noch dazu wenn man gerade zwei Menschen bei einem privaten Streit gestört hatte.

Die Modedesignerin hielt sich nicht lange mit einer komplizierten Antwort auf. »Pit hätte alles darum gegeben. Aber Marc hat nun einmal nicht auf Männer gestanden.«

»Ist Pit Gallauer der Täter?«, fragte Katharina aufmerkend.

Der Kriminalkommissar warf beiden einen undurchsichtigen Blick zu, und ebenso undurchsichtig war seine Antwort: »Sie werden verstehen, dass ich Ihnen darüber keine Auskunft geben kann.« Mit knappem Gruß wandte er sich von den verdutzten Spiegelbildern ab und verließ mit seinem Gefährten, der treu hinter ihm her trabte, den Raum.

5

Am nächsten Morgen standen Christian Böck und Kollege Fritz Kunz gähnend im Treppenhaus des Altbaus, der dem Haus, in dem Marc Reinhardt sein luxuriöses Apartment bewohnt hatte, unmittelbar gegenüberlag.

»Hoffentlich bringt das was«, seufzte Böck verschlafen.

Kunz drückte auf den Klingelknopf über dem Namensschild *Vuitkovic.* »Immerhin hat die Hausbesorgerin mitten in der Nacht auf der Wache angerufen und gesagt, dass sie zur möglichen Tatzeit einen Mann beobachtet hat.« Er wippte auf seinen Füßen wartend vor und zurück, als die Wohnungstür schließlich einen Spaltbreit geöffnet wurde.

Wie auf Befehl zückten die Kriminalbeamten ihre Ausweise, die von einem ängstlichen Augenpaar schweigend durch den Türspalt gemustert wurden. Nach dem anfänglichen Zögern ging die Tür ganz auf, und eine äußerst nervöse Frau mittleren Alters mit zusammengesteckten braunen Haaren huschte wie ein gehetztes Kaninchen zu ihnen ins Treppenhaus. Die beiden Polizisten mussten einen Schritt zurücktreten, um ihr Platz zu machen.

»Guten Tag, Kunz und Böck von der Kriminalpolizei«, sagte der Kleinere der beiden Herren in Zivil höflich. »Sind Sie Frau Vuitkovic?«

»Ja«, bestätigte die Hausmeisterin knapp.

Böck begriff, dass er es kurz machen sollte. »War das der Mann, den Sie gesehen haben?«, fragte Böck gerade heraus und hielt der äußerst angespannten Dame ein Foto von Pit

Gallauer vor die Nase. Den viel beschäftigten Agentur-Chef hatten sie am Vortag leider nicht mehr persönlich angetroffen, da er »überraschend«, wie seine Sekretärin sich ausdrückte, nach Paris geflogen war und erst im Verlauf des heutigen Tages zurückerwartet wurde.

Frau Vuitkovic nickte eifrig. Sie hatte Reinhardts Mentor erkannt und wusste Kurioses über ihn zu berichten: »Zuerst war er am Dachboden mit einem Fernglas. Dann ist er hinunter gegangen und im Haus gegenüber verschwunden.« Da sie davon ausging, dass das alles war, was man von ihr wissen wollte, machte sie auf dem Absatz kehrt, sodass selbst Kunz nicht mehr zu tun blieb, als ihr einen schönen Tag zu wünschen. »Danke, Frau Vuitkovic.«

Und ebenso rasch, wie die Dame ins Treppenhaus gehuscht war, zog sie sich wieder in das schützende Dunkel ihrer Wohnung zurück. Fast lautlos fiel vor den erstaunten Gesichtern der beiden Polizisten die Tür ins Schloss.

Rex beobachtete wachsam das Eingangstor der Modelagentur, als seine ungeteilte Aufmerksamkeit plötzlich auf ein herannahendes Taxi gelenkt wurde, das vor dem silbrig schimmernden Eisentor hielt.

Sein Herrchen erwachte sofort aus seiner morgendlichen Lethargie und stieg aus seinem Auto, das er gegenüber dem Eingang der Agentur geparkt hatte.

Gallauer, der gerade mit einem kleinen karierten Reisekoffer dem Taxi entstiegen war, hatte den Gesetzeshüter und seinen unvermeidlichen Hund jedoch bereits gesehen und stieg nach einem kurzen Wortwechsel mit der Taxifahrerin umgehend wieder ein.

Vermutlich hat seine Sekretärin ihm von Böcks verdächtigem Besuch am Vortag Bericht erstattet, dachte Brandtner; vielleicht sogar von Saschas Überführung, sodass er vorgewarnt war.

Bevor er zu einem Sprint in Richtung des Taxis ansetzen konnte, musste Brandtner auf der viel befahrenen Straße erst einige Autos vorbeilassen. Die Rushhour kostete ihn wertvolle Sekunden. Da jagte Rex auch schon an ihm vorbei, nahm einem hupenden Wagen die Vorfahrt und sprang aus vollem Lauf heraus von hinten auf den Kofferraum des anfahrenden Taxis.

Die Erschütterung brachte den Wagen augenblicklich zum Stehen, nicht zuletzt weil die Taxifahrerin sich weigerte, mit einem Hund auf dem Kofferraum weiterzufahren. Als Erstes erscholl denn auch die verständnislos zeternde Stimme der patenten Frau aus dem Auto: »Was ist denn hier los?« Verärgert ließ sie das Seitenfenster hinunter, und Brandtner, der dem Polizeihund dicht auf den Fersen gewesen war, blitzte eine Entrüstung entgegen, die eine sofortige Erklärung verlangte.

Dieser beugte sich zu dem Fenster hinab, richtete seine Antwort jedoch direkt an den entgeisterten Fahrgast auf dem Beifahrersitz: »Herr Gallauer, ich muss Sie bitten mitzukommen. Wir haben einiges zu besprechen.«

Auf der Fahrt zum Kriminaldezernat hüllte sich der mutlos vor sich hin starrende Modelexperte in eisernes Schweigen. Die Schweißausbrüche, die ihn unerbittlich heimsuchten, nahmen in Häufigkeit und Intensität noch zu, als er von dem Kommissar und einem blonden Kollegen, der sich mit »Böck« vorstellte, auf dem Revier verhört wurde. Er hatte das Gefühl, kaum noch Luft zu kriegen, als er in atemberaubendem Wechsel von den beiden Polizeibeamten befragt wurde, unter anderem nach seinem Beweggrund für das Betreten von Marc Reinhardts Apartment in der Mordnacht. Abwehrend antwortete der schweißgebadete Mann: »Ich wollte ihn nur besuchen!«

»Und deshalb laufen Sie vor uns davon?«, erkundigte sich Brandtner sarkastisch.

»Es ist wegen der Drogen …«, Gallauer wand sich wie ein Aal auf dem Trockenen, »weil ich ihm Drogen besorgt habe.«

Na ja, zumindest schon mal ein erstes Teilgeständnis, dachte Böck, aber er wollte auch noch den ganzen Rest hören. So forschte er unnachgiebig weiter: »Und sonst?«

»Als ich zu ihm gekommen bin, ist es ihm sehr schlecht gegangen«, gab der Verdächtige, der jetzt kurz vor dem Hyperventilieren stand, nur sehr widerwillig zu. »Ich habe Angst gehabt, er könnte eine Überdosis genommen haben.«

»Warum haben Sie denn keinen Arzt gerufen?«, fragte Brandtner nicht unberechtigt.

Der andere seufzte verschämt. »Das war sicher eine Kurzschlusshandlung von mir. Ich hatte einfach Angst, dass man mich mit der Sache in Verbindung bringt.«

»Was war dann?«, wollte Böck wissen.

In seinem Gesicht zeichnete sich authentische Dramatik ab, als Gallauer den Todeskampf schilderte, dessen unfreiwilliger Zeuge er geworden war: »Er ist in meinen Armen gestorben«, hauchte er kaum hörbar, mit scheinbar letzter Kraft, »es war der entsetzlichste Moment in meinem Leben.« Der gebrochene Mann rang sichtlich um seine Fassung. Die Tragik der Schilderung ließ selbst Böck betroffen verstummen.

Brandtner hielt einen Augenblick nachdenklich inne, bevor er Gallauer schließlich in das Rätsel um die ursprüngliche Todesursache seines Schützlings einweihte: »Marc Reinhardt ist in Wirklichkeit vergiftet worden. Mit einer Überdosis Methadon.«

Gallauers Gesicht nahm eine fahle, grünliche Farbe an. »Kann ich bitte was zum Trinken haben?«, presste er mühsam hervor, während ihm unaufhörlich dicke, heimtückische Schweißperlen in die Augen rannen.

Böck beeilte sich, ihm ein Glas Wasser zu reichen.

Dieser trank einen tiefen Schluck und fuhr, nachdem er sich auch noch den Schweiß von der Stirn getupft hatte, fort: »Ich habe ihn geliebt, aber er wollte keine Beziehung mit mir. Irgendwie wollte ich ihm trotzdem nahe sein, und deshalb habe ich ihn manchmal vom Dachboden aus beobachtet.«

Na, das war es dann wohl, das gesamte Geständnis. Böck seufzte. Der Mord war jedenfalls nicht dabei gewesen.

Doch schon heftete sich Brandtners nächste Frage dem wirklichen Täter an die Fersen: »Was haben Sie denn an diesem Abend gesehen?«

»Marc hat an dem Abend Besuch gehabt«, erzählte Gallauer zögernd. »Katharina Schneiders war bei ihm ... nicht zum ersten Mal. Diesmal haben sie offenbar Streit gehabt.«

»Woraus schließen Sie das?«

»Sie war nur kurz da, hat heftig mit ihm diskutiert, ihm einen Slip hingeworfen und ist dann gleich wieder gegangen.«

Koralle mit auberginefarbener Spitze – Böck war über das Wäschestück, das bei der Auseinandersetzung durch die Luft geflogen war, bestens im Bilde. »Eifersucht?«, spekulierte er.

»Gut möglich«, entgegnete Gallauer. »Als Katharina weg war, bin ich zu ihm. Und nachdem ich wieder gegangen war, ist Selma Melle-Schneiders aufgetaucht. Sie war sichtlich betrunken.«

Genauso konnte es gewesen sein. Eine Ahnung regte sich in dem Kommissar, als die Puzzleteile sich auf einmal problemlos zu einem neuen Bild aneinander legen ließen. Aber war dieses Puzzle auch ein Abbild der Realität oder lediglich eine weitere der vielen theoretischen Varianten des Mordes an Marc Reinhardt?

Ein heftiger Streit tobte im Modeatelier der Melle-Schneiders.

»Hast du gestern nicht genug getrunken?«, fauchte die Tochter der bekannten Modedesignerin, die blonden Haare frech zu kurzen Zöpfe hochgebunden, die mit jeder Bewegung vibrierten. Hektisch räumte sie an einem Soundpult gegenüber dem Laufsteg einige CDs zusammen.

Ihre harten Worte richteten sich an ihre Mutter, die sich mit einer Flasche Champagner und baumelnden Beinen am Ende des Laufstegs niedergelassen hatte und sich dort ungeniert ein Glas nach dem anderen eingoss. »Was geht dich das an?«, fragte die beschwipste Frau herablassend zurück, nachdem sie das soeben aufgefüllte Glas in einem routinierten Zug leer getrunken hatte.

Katharina warf ihr einen wilden Blick zu. »Das geht mich sehr wohl was an!«

Doch Selma Melle war anderer Meinung. Sie stützte sich nach hinten auf einen Ellbogen und erwiderte trinkend: »Das ist meine Sache.«

»Nicht alles.« Katharina ließ von den CDs ab, wandte sich energisch ihrer Mutter zu und schickte vernichtende Blitze, die aus ihren Augen schossen, gebündelt in deren Richtung: »Zuerst hast du Vater so lange betrogen, bis er vor Kummer an Krebs gestorben ist. Dann hast du mich um mein Erbe gebracht. Mitarbeiten lässt du mich auch nicht, obwohl Papa ausdrücklich wollte, dass ich in die Firma einsteige.«

Selma Melle vergaß für einen Moment das mit sanft perlendem Champagner gefüllte Glas in ihrer Hand und sah ihrer Tochter offen ins Gesicht. »Ich hab dir ja gesagt, du bist noch nicht so weit«, entgegnete sie, scheinbar ernsthaft überzeugt von ihren eigenen Worten.

Den Redefluss der verletzten jungen Frau konnten ihre Beteuerungen damit hingegen nicht stoppen: »Du nimmst dir alles, was du willst! Du hast ja auch den Marc haben müssen. Und wie du jetzt drauf gekommen bist, dass ich mit ihm zusammen bin, hat dich das auch nicht gestört«, ereiferte diese sich.

»Ich hätte nie gedacht, dass das etwas Ernstes ist«, lenkte ihre Mutter ausweichend ein und setzte sich aufrecht, als könnte sie auf diese Weise besser die Verbalschläge parieren, die ihre Tochter ungehemmt austeilte.

»Und du glaubst wohl, dass er dich geliebt hat?«, schnappte Katharina, außer sich vor Wut.

»Wie hast du von Marc und mir erfahren?«, fragte Selma Melle-Schneiders mit aufrichtigem Interesse.

Katharina zögerte einen atemlosen Augenblick lang. Dann sagte sie mit einem heiseren Unterton in der ohnehin sehr dünnen Stimme: »Ich habe deinen Slip in seinem Auto gefunden, und außerdem habe ich euch beobachtet.«

Diese Enthüllung traf die Modeschöpferin allerdings unvorbereitet. Zum ersten Mal zeigte sich so etwas wie Mitgefühl in ihren trunkenen Augen. »Ich habe bis vor ein paar Tagen nicht gewusst, dass er was mit dir hat«, sagte sie leise. Dann fügte sie etwas lauter hinzu, an den verstorbenen Freund und Feind gerichtet: »Was hat er eigentlich geglaubt? Dass er sich zur Tochter auch noch die Mutter nehmen kann?«

»Und deswegen hast du ihn erstochen«, schnappte Katharina. Sie presste die Lippen aufeinander, selbst ein wenig erstaunt darüber, dass sie das Unerhörte ausgesprochen hatte.

»Du spinnst doch!«, rief Selma Melle nach einer Schrecksekunde empört.

»Ich habe gehört, wie du mit der Pucher geredet hast und wie ihr ausgemacht habt, was ihr der Polizei erzählen werdet. Ich habe so genug von allem …« Katharina drehte sich um und rannte zum Ausgang des Showrooms.

In der Tür begegnete sie der beunruhigten Marie Pucher, die das hysterische Geschrei in den Showroom gelockt hatte. Sie drückte sich an der älteren Frau vorbei, ohne sie eines Blickes zu würdigen.

»Was war?«, wandte diese sich besorgt an die Modedesignerin, die erschöpft auf dem Laufsteg hockte. Glas und Flasche mit Champagner, aus dem mittlerweile jedes Prickeln gewichen war, hatte sie auf dem mystisch schimmernden Steguntergrund achtlos von sich geschoben. »Sie hat uns belauscht«, sagte Selma Melle tonlos, »sie weiß alles.«

Ihre treue Verbündete schlug verzweifelt die Hände vor dem Gesicht zusammen. »Ich bin schuld. Wenn ich dir nicht gesagt hätte, dass Marc was mit ihr hat, dann hättest du das nicht getan.«

Als der höfliche Kommissar vom Kriminaldezernat wenig später vorsprach, der zuverlässig mit seinem Hund immer dann auftauchte, wenn im Atelier gestritten wurde, befand sich Marie Pucher immer noch in einem akuten inneren Zwiespalt. »Frau Melle ist oben im Salon. Soll ich Sie anmelden?«, beantwortete sie Brandtners Frage nach der Chefin.

»Nein, danke, Frau Pucher. Aber bleiben Sie bitte hier. Ich möchte mit Ihnen auch noch reden«, erwiderte er sehr bestimmt und nicht gerade zu ihrer Freude.

Der Salon war leicht abgedunkelt, doch die leuchtenden Rottöne an Vorhängen, Möbelstücken und Tapete kamen auch bei Zwielicht zu voller Geltung.

Am Fenster, die Haare so leuchtend rot wie der samtene Vorhang, stand Selma Melle. Sie hatte Brandtner den Rücken zugewandt, als dieser, sich taktvoll räuspernd, mit Rex eintrat.

»Kommen Sie herein, Herr Brandtner«, forderte sie den jungen Mann verhältnismäßig gefasst auf und richtete ihren verschwommenen Blick auf ihn. »Haben Sie schon eine Spur?«

Der Kommissar blieb ihr die Antwort schuldig. »Zunächst möchte ich etwas von Ihnen wissen.«

»Bitte«, sagte sie auffordernd und nahm auf einem unbequem anmutenden roten Designerstuhl Platz.

»Wo waren Sie wirklich in der Nacht, in der Marc Reinhardt ermordet worden ist?«

Die Modeschöpferin griff nach einer Zigarette und einer schwarzgelben Schachtel mit Streichhölzern, die vor ihr auf einem marmorierten Tisch lagen. Die Verzögerung, die sie dadurch erreichte, gab ihr Gelegenheit, ein wenig Gelassenheit zu demonstrieren, bevor sie gleichmütig äußerte: »Das habe ich Ihnen doch schon gesagt.«

Zu spät bemerkte sie, dass sie einen Fehler gemacht hatte. Sie spielte wortwörtlich mit dem Feuer: Die kleine Schachtel, der sie das Streichholz entnommen hatte, trug die Aufschrift *Taxi 40 100* und konnte sie nur allzu leicht verraten. Es handelte sich nämlich um diejenige Schachtel, welche sie in der Mordnacht auf der Taxifahrt zu Marcs Wohnung erhalten hatte. Sachte segelte die Schachtel hinter ihrem Stuhl zu Boden.

Die auffällig unauffällige Bewegung war Rex' wachsamen Augen indessen nicht entgangen. Unbemerkt robbte er um einen Arbeitstisch herum, hinter den Stuhl der rauchenden Melle-Schneiders und schnappte sich das schwarzgelbe Schächtelchen.

»Das stimmt aber nicht«, berichtigte Brandtner die Aussage der stolzen Frau über ihr vermeintliches Alibi. »Sie waren in der Wohnung von Marc Reinhardt. Herr Gallauer hat Sie gesehen.«

Sie hustete überrascht. »Ich sollte weniger rauchen«, sagte sie ausweichend.

Doch Brandtner gab ihren fadenscheinigen Ausflüchten wenig Raum. »Das ist gut, aber es beantwortet nicht meine Frage«, sagte er wartend.

»Das kann nicht sein.« Sie sagte es mit einer ihrer typischen unwirschen Handbewegungen, mit denen sie stets alles Unangenehme hinwegwischte, als könnte sie es ungeschehen machen, »da muss mich jemand verwechselt haben.«

In diesem Moment fühlte Brandtner die feuchte Nase seines Hundes an der Hand. Er bückte sich, um zu sehen, was Rex da im Maul trug. »Soll ich jetzt beim Taxifunk anrufen, um herauszufinden, wann und wo Sie in der Mordnacht unterwegs waren?«, fragte er herausfordernd und zeigte der Modedesignerin den kleinen Gegenstand, den Rex erbeutet hatte.

»Ich fahre öfters mit dem Taxi«, war alles, was die eigensinnige Frau dazu zu sagen hatte.

»Dem werden wir nachgehen. Noch eine Frage, Frau Melle-Schneiders: Ihr Mann hat doch Krebs gehabt. Welche Medikamente hat er da nehmen müssen? Zum Beispiel gegen die Schmerzen?«

»Natürlich Methadon«, gab sie bereitwillig Auskunft, da ihr jene Frage nicht weiter suspekt schien. »Das war das Einzige, was ihm noch geholfen hat.«

Nun, die Beweislage war ziemlich eindeutig. »Frau Melle, ich habe jetzt genug Anhaltspunkte, um Sie festzunehmen.« Brandtner zog ein Paar Handschellen hervor, gab Katharinas Mutter, die ihn nur verständnislos anstarrte, jedoch noch einen Moment Zeit, um ihre sofortige Verhaftung zu realisieren.

Da sprang plötzlich die Tür auf.

Herein stürzte Marie Pucher, die mit weit aufgerissenen Augen an ihm vorbeilief und sich neben die Modeschöpferin kniete, als handelte es sich um eine Heiligenfigur.

Diese hatte jetzt unkontrolliert zu weinen begonnen.

Ihre treue Freundin stimmte in das Tränenmeer ein. »Ich bin an allem schuld«, rief sie verzweifelt, »ich hätte ihr nichts von Marc und Katharina erzählen sollen!«

Apropos … Der Kommissar sah sich fragend um. »Wo ist Ihre Tochter eigentlich?«

»Wahrscheinlich in ihrem Zimmer«, schluchzte Selma Melle.

»Kommen Sie bitte mit.« Kurz entschlossen manövrierte Brandtner die untröstliche Modeschöpferin und ihre Vertraute, die sich immer noch klagend selbst bezichtigte, zu Katharinas Zimmer hinüber.

Das Zimmer war leer.

Selma Melle trat, selbst ein wenig erstaunt, in den hellen Raum, in dem ganz im Gegensatz zu den schweren Farbtönen des Salons pastellene Farben und transparente Stoffe vorherrschten.

Dic rothaarige Frau gab auf einmal einen überraschten Schrei von sich. Ihr Blick war an einem Blatt Papier hängen geblieben, das sie jetzt von Katharinas Schreibtisch in ihre zitternden Hände nahm. Durch die Realität der Situation schlagartig ernüchtert las sie:

»*Liebe Mutter, ich habe Marc geliebt, von ganzem Herzen. Und wurde betrogen – von ihm und von dir. Ich habe etwas Furchtbares getan, aber ich war so verletzt! Heute bin ich der einsamste Mensch auf Erden. Ich weiß keinen anderen Ausweg mehr.*«

Sie sah erschrocken auf. »Was soll das bedeuten?«

Zumindest was die harten Fakten betraf, wusste Brandtner, was die traurigen Worte zum Ausdruck brachten: »Noch bevor Sie bei Marc Reinhardt waren, hat Ihre Tochter ihn mit Methadon vergiftet«, erklärte er den beiden fassungslosen Frauen den Beginn des komplizierten Tathergangs, das einzige Puzzleteil, das noch gefehlt hatte, »und daran ist er gestorben.« Erst danach hatte Selma Melle ihn in das betrügerische Herz gestochen.

Diese begann wieder zu weinen und sank, sorgenvoll gestützt von Marie Pucher, auf Katharinas von Stofftieren umrahmtes Bett nieder.

Brandtner entwendete ihr behutsam den Abschiedsbrief des Mädchens und fragte mit eindringlicher Stimme: »Wo könnte Ihre Tochter jetzt sein?«

Der weinenden Modeschöpferin fiel auf die Schnelle nur eine Möglichkeit ein: »Vielleicht in unserem Sommerhaus, an der Alten Donau. Sie hat dort immer sehr viel Zeit mit meinem Mann verbracht.«

Das Sommerhaus erhob sich schweigsam vor dem in sämtlichen Rottönen eingefärbten Abendhimmel.

Wie in einem Trancezustand wandelte Katharina auf dem Steg, der auf den sanft wogenden Fluss hinausführte, bis zu der Anlegestelle eines flachen Holzbootes. Catwalk im Freien, dachte sie zynisch. Sie kletterte unsicher in den schwankenden Kahn, ließ sich auf der Sitzfläche nieder und zog ein kleines braunes Fläschchen aus einer Tasche ihrer roten Lederjacke hervor.

Ohne lange zu überlegen, setzte sie das Fläschchen an ihre blassen Lippen und stürzte die gesamte Flüssigkeit mit kleinen, hungrigen Schlucken hinunter.

Sie löste das Tau, mit dem das Boot am Steg befestigt war, aus der ringförmigen Verankerung und legte sich flach auf die Holzdielen des Kahns, der sogleich ziellos auf den Fluss hinaustrieb.

Sie bekam schon gar nicht mehr mit, wie vor dem Haus ein Auto parkte und ein junger Mann in Begleitung seines Schäferhundes auf das Sommerhaus zurannte.

Der Mann warf einige ratlose Blicke durch die Fensterscheiben in das Innere des verschlossenen Gebäudes, als ihm auffiel, dass sein Hund geradewegs auf den Bootssteg hinter dem Haus zustürmte.

Da bemerkte er den herrenlosen Holzkahn auf dem Wasser.

Er rannte auf den Steg, wo ein Motorboot angekettet war, das dort auf seinen nächsten Einsatz wartete. Mit zwei gezielten Schüssen aus seiner Dienstwaffe durchtrennte er die eiserne Kette.

Schnell sprangen Mann und Hund in das schaukelnde Boot.

Dem Aufheulen des Motors folgte eine rasante Kurve, die das eindrucksvolle Motorboot auf dem ruhig dahintreibenden Fluss beschrieb.

In einem atemberaubenden Tempo näherte sich das Boot dem hölzernen Kahn, holte ihn schließlich ein.

Der Schäferhund setzte mit einem waghalsigen Sprung in das schmale Holzboot über, in dem das Mädchen lag und friedlich zu schlafen schien.

Sie merkte nichts von den heftigen Schaukelbewegungen, die das Tier auf dem Wasser verursachte, als es sich vorsichtig zu dem Anlegetau vorarbeitete, das unter einem Fuß der reglosen jungen Frau eingeklemmt war, und auch nichts von der Hand, die hastig ihren Puls befühlte.

Endlich hatte der Hund das Tau vom Grund des Bootes gelöst, zog es mit den Zähnen an den Bootsrand und reichte es seinem Herrn, der sich zurück in das Motorboot lehnte und es rasch am rückwärtigen Geländer befestigte.

Am Ufer der Donau warteten bereits zwei Funkstreifen und ein Notarztwagen, als die beiden Boote gemeinsam den Landesteg erreichten.

Die glutrote Sonne hatte sich fast ganz hinter den Bäumen des gegenüberliegenden Ufers verkrochen, die dramatischen Farben hatten sich in ein gefälliges Violett verwandelt, und die Sirene des Notarztwagens war schon eine Weile hinter ihnen verstummt.

Brandtner und Rex spazierten gemächlich die Donau entlang, blieben jedoch hin und wieder stehen, weil der Kommissar mit dem Krankenhaus telefonierte.

»... Also wird sie's überleben ... Okay.« Erleichtert steckte der Kommissar sein Handy ein. Das Mädchen hatte einen engagierten Schutzengel gehabt – und einen Schutzhund. Und vielleicht auch noch einen Schutzmann, der zur rechten Zeit am rechten Ort war, dachte er bescheiden. Zufrieden tätschelte er seinen Hund und hob einen kleinen Ast vom Boden auf, den er auffordernd zwei Meter weit in den Fluss hineinwarf. Das Wasser war zu dieser Abendstunde schon merklich kühler als tagsüber unter den strahlenden Augen der Sonne.

Rex rührte sich nicht. Er war doch nicht blöd ...

Der Bluff

1

Mit einer Reihe von beinahe lautlos aufeinander folgenden Klickgeräuschen stellte Markus Stollberg den Code ein. Dann wuchtete er die schwere graue Tresortür ins Schloss.

Der dumpfe Knall ließ eine junge Frau hochschrecken, die im Nebenraum gerade ihren Mantel von der Garderobe genommen hatte. Tina Baumann ging einen Schritt rückwärts und warf einen verunsicherten Blick in den zwielichtigen Tresorraum, in dem durch die Tür gedämpftes Tageslicht auf die unangenehm helle Deckenbeleuchtung traf. »Brauchst du noch was von mir?«, fragte die Sekretärin ihren etwas überarbeitet wirkenden Chef.

»Nein, ich habe nur noch einen neuen Code eingegeben und werd jetzt auch nach Hause gehen«, antwortete der dunkelhaarige Mittvierziger mit der attraktiv angegrauten Strähne über den müden Augen, in deren Winkeln sich die verräterischen Schatten häufiger Schlaflosigkeit abzeichneten.

Draußen auf der gegenüberliegenden Straßenseite, vor dem Portal der kleinen, aber in ihrem gepflegten Erscheinungsbild recht imposanten Bank, stand ein unauffälliger blauer Audi.

Ein Mann verfolgte in dem Auto verbissen die beiden Personen hinter dem Schaufenster der Bank, die zwischen Pappschildern und sonstigen Dekorationsstücken der Auslage immer wieder sichtbar wurden. Sein Blick glitt hoch zu dem Portal, über die blaue Leuchtschrift der *Stollbank* und wieder zurück zu der jungen Dame, die sich jetzt hinter der großen

Glasscheibe mit Mantel und Tasche auf den seitlich gelegenen Schalterraum zubewegte.

Ihre Bewegungsrichtung schien auf den Wageninsassen eine Art Signalwirkung zu haben: Er riss das Handschuhfach auf und entnahm ihm einen wie neu glänzenden Trommelrevolver. Dann griff er nach einer schwarzen Sporttasche auf dem Rücksitz und anschließend nach einer weißen, vergnügt grinsenden Faschingsmaske. Solchermaßen bewaffnet stieg der Beobachter aus dem Wagen und lief leicht geduckt über die Straße auf die Bank zu. Er verbarg sich in dem lang gestreckten Hauseingang neben dem Hauptportal und streifte hastig die Plastikmaske über den Kopf.

»Schönen Abend noch!«, hörte er die Stimme des Bankchefs, als die hübsche Frau die Tür vom Nebeneingang öffnete.

Sie lief dem Maskierten genau in die Arme.

»Los, zurück, aber schnell!« Die raue Stimme des Angreifers, die durch die Plastikmaske bedrohlich verzerrt klang, verhinderte sofort jeden Fluchtversuch.

Beinahe wichtigtuerisch fuchtelte der Vermummte Tina Baumann mit seinem Revolver vor der Nase herum, bevor er sie unsanft in den Schalterraum zurückschubste. Er zwang sie, noch weiter rückwärts zu gehen, bis in den Tresorraum, in dem Bankchef Stollberg sich jetzt mit erstaunt aufgerissenen Augen dem merkwürdigen Paar an der Tür zuwandte.

»Alles Geld da rein und zwar rasch!«, herrschte der Maskierte die beiden Bankleute an, die mit dem Rücken an den Tresor gedrängt standen und in hohem Bogen die schwarze Sporttasche auf sich zufliegen sahen.

Stollberg schien sich von der ersten Überraschung ein wenig erholt zu haben. »Schon gut, keine Panik, Sie kriegen das Geld!« Die patzige Reaktion von Stollberg, dem beinahe die fliegende Tasche gegen den Kopf geprallt wäre, vermittelte dem Maskierten den Eindruck, der Mann schimpfe ihn irgendwie für einen geschmacklosen Scherz aus. Zähneknirschend wartete der Bankräuber auf seine Beute.

Stollberg öffnete jetzt hastig den Tresor, dann begann er, mit beiden Händen einen großen Vorrat an Geldscheinen aus dem Panzerschrank in die Tasche zu schaufeln.

Plötzlich lenkte ein Geräusch die Aufmerksamkeit der drei Anwesenden auf den Türrahmen.

Aus dem benachbarten Schalterraum vernahmen sie die Stimme von Frau Huber, einer älteren Bankkauffrau, die fröhlich durch den Raum rief: »Ich bin's noch mal, hab nur mein Handy ver …« Sie hatte den Türrahmen erreicht. Der Anblick der eindeutigen Szene ließ die vergessliche Frau abrupt verstummen.

Für den Bruchteil einer Sekunde standen sich Frau Huber und der Maskierte ratlos gegenüber. Jeder schien gestresst zu überlegen, was in dieser prekären Lage am besten zu tun war. Und beide Rat suchenden Augenpaare blieben an Stollberg haften, der aussah, als wäre er mit den Händen in der Sporttasche stecken geblieben, und der beide Blicke abwechselnd entsetzt erwiderte.

In einem verspäteten Reflex drehte sich Frau Huber um. Sie wollte zum Ausgang rennen, doch die Kugel aus dem Trommelrevolver war schneller.

Ein heftiger Aufprall auf dem blanken Fußboden des Schalterraums verriet Tina Baumann und ihrem Chef, dass ihre Kollegin es nicht mehr bis zur Ausgangstür geschafft hatte.

Einen Augenblick lang schienen die Rollen nicht mehr klar definiert: Der Maskierte blickte unsicher zwischen den beiden Bankleuten hin und her, während Stollberg ihn anklagend, die junge Frau hingegen mit den glasigen Augen einer Geschockten ansahen.

Dem Bankräuber wurde plötzlich wieder bewusst, wozu er hier war. »Du kommst jetzt mit!«, brüllte er Tina Baumann an, die ihm am nächsten stand, und riss die weit geöffnete Tasche hoch, sodass einige Scheine neben Stollberg sanft zu Boden segelten. »Gruß an die Polizei, bei einer Verfolgung stirbt sie …«, fauchte er diesen anschließend unbeherrscht an.

»Nehmen Sie mich mit!«, rief der Bankinhaber da in geradezu flehentlichem Ton. »Ich bin der Chef hier …«

»Noch besser!« Der Vermummte stieß die junge Frau in die gegenüberliegende Ecke, wo sie atemlos und kreidebleich an der Wand niedersank, und zerrte den Bankchef, an ihrer statt, brutal durch die Tür. »Und keine Verfolgung, sonst …« Demonstrativ hielt er dem verängstigten Mann den Revolver an die Schläfe.

Erst im Hauseingang vor der Bank zog sich der Unbekannte die Maske vom Gesicht, hielt sich jedoch weiterhin dicht hinter seiner Geisel. Der Revolver am Rücken des Bankchefs dirigierte diesen schnell und ohne viel Aufsehen über die Straße zu dem blauen Audi hinüber. Bald verschwand der Fluchtwagen um die nächste Ecke aus dem Blickfeld der jungen Sekretärin, die die beiden Männer in einem tranceähnlichen Zustand mit den Augen verfolgt hatte. Nur für einen Augenblick schien sie aus ihrer Betäubung zu erwachen, um den roten Notrufknopf neben dem Tresor zu drücken. Dann verharrte sie wartend im Türrahmen und starrte, wie gelähmt, auf den leblosen Körper ihrer Kollegin.

Der imposante Lichterkreis des großen Riesenrades erhob sich majestätisch gegen das bunte Farbenspiel der Abenddämmerung, ganz so wie es einem städtischen Wahrzeichen gebührte.

An diesem Abend, dem prächtig roten Abschluss eines sonnigen Tages, war der Wiener Prater gut besucht.

Nervös nestelte Fritz Kunz an dem breiten Sicherheitsbügel herum, der sich soeben über seinem stolzen Bauchansatz geschlossen hatte. »Nein, Alex, es geht doch nicht«, sagte er zu seinem völlig entspannt wirkenden Sitznachbarn, »ich bin als Kind vom Apfelbaum geschubst worden.« Und jener Apfelbaum war nicht mal ein Fünftel so hoch gewesen wie dieses Horrorgerät. »Ich muss sofort wieder aussteigen.« Schweißtropfen umsäumten seine kritisch in Falten gelegte Stirn. Nach der Familienportion Zuckerwatte fühlte er sich ohnehin zu überzuckert für kosmonautische Experimente.

Doch Alex Brandtner zeigte sich leider unbeeindruckt vom Kindheitstrauma seines Polizeikollegen. »Keine faulen Ausreden«, erwiderte er streng, »du hast die Wette verloren ... Festhalten!«

Für die spontane Panikattacke, mit der Kunz jede Sekunde rechnete, blieb nun keine Zeit mehr: Mit atemberaubender Geschwindigkeit wurden sie in ihren Sitzen senkrecht nach oben katapultiert. Der unglückliche Polizist hatte das Gefühl, aus seinem eigenen Körper hinausgeschossen zu werden, Sinne und Verstand verabschiedeten sich irgendwohin in die faszinierenden Weiten des vierdimensionalen Raums. Ihm wurde sofort speiübel, doch das *Space*-Ding, das für den sensationsfreudigen Kirmesbesucher den authentischen Start einer Rakete simulierte, gebot dem Geschwindigkeitsrausch plötzlich Einhalt und sackte schon wieder langsam dem Erdboden entgegen.

Stolz machte sich auf Kunz' eben noch panikverzerrtem Gesicht breit, verdrängte sogar das Übelkeitsgefühl aus seinem Bauch.

Da schossen ihre Sitze erneut mit höllischem Speed dem roten Abendhimmel entgegen. Jetzt reichte es aber! Kunz wollte sich nicht länger von dieser Höllenmaschine verschaukeln lassen.

Gott sei Dank, jetzt endlich sprangen die Sicherheitsbügel auf, nachdem das Gerät ein weiteres Mal am Boden gelandet war, und entließen die gut durchgeschüttelten Fahrgäste zurück in die sichere Bodenhaftung, dorthin, wo sie sich auf die Schwerkraft noch verlassen konnten – und Kunz und Brandtner entließ man in die applaudierenden Hände von Christian Böck. »Willkommen auf der Erde, Bleichgesichter«, scherzte der dunkelblonde Polizist im schwarzen Ledermantel schadenfroh. In diesem Fall sorgte er gerne für den Spott, denn den gnadenlosen Adrenalinschub hatten sich die beiden kalkweißen Herren durch ihre blöde Fußballwette schließlich selber eingebrockt.

»Und wo ist der Rex?« Brandtner sah sich, als er seinen Gleichgewichtssinn wieder gefunden hatte, fragend nach seinem Schäferhund um.

Böck stutzte und drehte sich ebenfalls mit suchendem Blick einmal um seine eigene Achse. »Gerad' war er noch da.«

»Der ist sicher wieder zum Riesenrad«, vermutete Brandtner seufzend. »Als wir mit den Kollegen aus Kiew gefahren sind, hat es im Speisewaggon Würschtl gegeben. Das hat er sich gemerkt.«

Die drei Kriminalbeamten, vorübergehend außer Dienst, schlenderten zu dem Riesenrad mit den geräumigen roten Kabinen hinüber.

Schmunzelnd sagte Böck zu dem Kommissar: »Du hättest dem Rex schon eine Runde spendieren können«, und dann zu Kunz gewandt, der ihm schon mal vorbeugend einen wütenden Blick zuwarf, »ihr beiden habt's doch auch euren Spaß g'habt, oder?«

»Ich kann ihm nicht alles erlauben«, erklärte Brandtner ihm. »Er muss ab und zu spüren, wer das Sagen hat.«

Das Rad hatte gerade einen Zwischenstopp eingelegt. Verwundert schüttelte der Mann, der gerade von einem kurzen

Schwätzchen zu seinem Schaltpult zurückgekehrt war, sein kahles Haupt: Wer hatte denn da auf den Anhalteknopf gedrückt? Er betätigte einen Hebel und setzte das urige Gefährt wieder in Gang.

Brandtner, Kunz und Böck blieben unterhalb des Riesenrades stehen und blickten sprachlos der ersten Kabine entgegen, die gerade den ebenerdigen Einstiegsplatz verlassen hatte und nun vor ihnen in die Lüfte emporstieg: Diese Kabine hatte nur einen einzigen Insassen, der jetzt seine freche Hundeschnauze am Fenster zeigte. Man mochte fast meinen, der Hund grinste, während er auf die drei kleiner werdenden Gestalten vom Kriminaldezernat herabsah.

»Richtig, einer muss das Sagen haben«, nahm Böck den Gesprächsfaden hämisch wieder auf.

Der Kommissar holte Luft, um zu einer relativierenden Antwort anzusetzen, wurde jedoch von seinem Handy unterbrochen, das in diesem Moment ungeduldig zu klingeln begann.

»Brandtner?«, meldete sich derselbe, nachdem er das Mobiltelefon aus seinem schwarzen Sakko gezogen hatte. »Ja, wo? … Okay, wir sind schon unterwegs.«

Er steckte das Handy zurück in die Jacketttasche und fügte seufzend hinzu, während seine Augen das gemächlich rotierende Prater-Riesenrad verfolgten: »Wir müssen nur noch unseren Kollegen da oben wieder runterkriegen.«

Der blaue Audi war durch die dichten, saftig grünen Zweige des wild wuchernden Gebüschs am Donauufer nur schwer zu erkennen.

Eine dunkle Gestalt löste sich aus dem Schatten hinter dem Auto und näherte sich in schleichendem Gang, wie ein Raubtier auf Beutefeldzug, der Tür an der Fahrerseite, die sie behutsam von außen öffnete. Für einen kurzen Moment blitzte das silberne Profil eines Revolvers auf, den das Mondlicht wie zufällig streifte, als die Person die Waffe auf das Wageninnere richtete.

Ein Schuss hallte durch die Nacht.

Der alte Mann zog in seinem Versteck hinter dem dunklen Fenster der Fischerhütte erschrocken den Kopf ein. Er hatte die Szene genau beobachtet, aber er konnte sich nicht erklären, was die unheimlichen Vorgänge zu bedeuten hatten.

Verwirrt nahm er einen tiefen Schluck aus seiner Whiskeyflasche und fuhr sich mit seinem schmutzigen Handrücken durch den verfilzten, weißen Bart, bevor er sich wieder auf sein Bett sinken ließ. Und außerdem ging ihn das auch gar nichts an.

»Ich kann nur bestätigen, was Frau Baumann geschildert hat: Beim Versuch, aus der Bank zu flüchten, wurde Frau Huber in den Rücken geschossen.« Diesmal blieb es Dr. Graf erspart, aus der genauen Untersuchung der Leiche einen diffizilen Tathergang zu rekonstruieren. »Wenn ich das Projektil heraus operiert habe, melde ich mich«, sagte der Gerichtsmediziner und schob seine imposante Statur zum Seitenausgang der *Stollbank* hinaus. Seine Augen blitzten freundlich hinter der Brille, und sein angegrauter, auf Minimallänge gestutzter Oberlippenbart verzog sich mit dem Mund zu einem aufmunternden Lächeln, als er sich an der Tür noch einmal zu den beiden Kripobeamten umdrehte: »Bis morgen dann und viel Erfolg.«

»Danke, Leo.« Der Kommissar wandte seine Aufmerksamkeit wieder der Leiche zu, die unter einer schwarzen Plane zwischen den umherwuselnden Beamten der Spurensicherung auf dem Boden lag, die fleißig wie die Bienen sämtliche Beweismittel sicherstellten. Sein aufmerksam wandernder Blick streifte die Zeugin, die, gleichsam als einziger ruhender Pol in diesem

Tohuwabohu, im Hintergrund des Schalterraums auf einem Stuhl saß und unverwandt vor sich hin starrte.

»Das ist Frau Baumann, die Chefsekretärin. Sie steht immer noch unter Schock«, erklärte Böck, der dem Blick seines Kollegen mit den Augen gefolgt war.

Brandtner nickte und schlängelte sich durch die Reihe der emsigen Beamten zu der verstörten Bankangestellten hindurch.

»Frau Baumann?«

Sie hob träge den Kopf und sah ihn aus glasigen Augen an, als könnte sie sich nur entfernt an ihren eigenen Namen erinnern.

»Ich müsste Ihnen noch ein paar Fragen stellen …«, fuhr Brandtner behutsam fort.

Doch die junge Frau zeigte immer noch keine deutliche Reaktion. Brandtner konnte sich lebhaft ausmalen, dass sich in ihr eine Menge abspielen musste: fotografische Eindrücke, Bilder, die sich in die Seele eingebrannt hatten; mitansehen zu müssen, wie jemand umgebracht wurde …

Er beschloss, es mit der Zeugenbefragung einfach mal zu versuchen: »Gibt es irgendeine Besonderheit, die Ihnen am Täter aufgefallen ist?«, stieg er mitten in das Geschehen vom frühen Abend ein. »Die Maske, die Waffe, sein Gang oder sein Akzent, irgendwas …?«

Das Einzige, was sich an ihr bewegte, war der Mund, als Tina Baumann tonlos antwortete: »Es ist alles so schnell gegangen … also aufgefallen ist mir nichts …«, erst jetzt schüttelte sie unwillig den Kopf, sodass ihre sorgsam geordneten dunklen Haare entrüstet durcheinander wirbelten, und sie wurde gesprächiger, »… weder ein besonderer Gang noch der Akzent … nein. Und die Maske, Sie werden es auf dem Video sehen, erkennen konnte man dahinter nichts.«

Das Videoband aus der Überwachungskamera sollte ohnehin als Nächstes konsultiert werden. »Dann sehen wir uns das einmal an«, fuhr Brandtner fort und bedeutete der jungen Frau, ihm in einen kleinen Nebenraum zu folgen.

Dort warteten bereits Thomas Jäger und Hans Czermak neben dem Videogerät auf ihre Befragung. Beide waren etwa Mitte dreißig, der eine jedoch im sportlichen Freizeit-Look, der andere – auch um diese nachtschlafende Zeit – noch ganz Businessman im knitterfreien Anzug. Der Ausdruck auf beiden Gesichtern war jedoch der gleiche; rührselige Betroffenheit.

Czermak, der smarte Anzugträger, nahm die traumatisierte Sekretärin sogleich mitfühlend in den Arm.

Allein der Blick in die vertrauten Gesichter schien diese ein wenig zu beruhigen. »Das ist Herr Czermak, unser Kassierer, und das ist Herr Jäger, Geschäftsführer und Prokurist der *Stollbank*«, stellte sie Brandtner die beiden Herren vor.

»Danke, dass Sie gekommen sind.« Der Kommissar schaltete den Fernseher ein und legte das Videoband in den Rekorder.

Noch einmal stürmte der Bankräuber das Gebäude, diesmal auf Zelluloid.

Die bestürzten Gesichter der drei Bankmitarbeiter waren dem unbarmherzig dokumentierenden Fernsehbildschirm bereits halb abgewandt, als der Täter die Kollegin mit einem einzigen hohl klingenden Schuss auf den Boden des Schalterraums niederzwang. Böck zufolge war Frau Huber nach Angaben der Mitarbeiter eine sehr korrekte und bescheidene Dame gewesen, die ihr unglückliches Timing, eine seltene Ausnahme, mit dem Leben bezahlt hatte.

Brandtner stoppte die Aufzeichnung.

»Nie gesehen, den Mann«, sagte Czermak sogleich entschieden.

»Keine Chance, mit der Maske würde ihn nicht mal seine

Mutter erkennen«, pflichtete Jäger ihm bei. Der dickliche Prokurist wirkte etwas gedrungen in seinem weiten Trainingsanzug. Mit seinem kurzen Hals versank er fast in der sportlichen grünen Kombination.

Seufzend nahm der Kommissar das Video aus dem Rekorder. »Das Band nehme ich mit, vielleicht können unsere Spezialisten noch was rausholen.«

In diesem Moment kam Christian Böck in den Raum gefegt. Der blonde Polizist reichte Brandtner ein Bild, das einem Prospekt der Bank entnommen worden war. Es zeigte Markus Stollberg, wie er mit einem gewinnenden Lächeln für die Vertrauenswürdigkeit seiner Bank warb. »Wir haben schon ein aktuelles Foto von Herrn Stollberg für die Fahndung rausgegeben«, erklärte Böck das Bildmaterial.

Der Kommissar schloss die Fragestunde vorläufig ab. »Danke. Das wär's für heute. Jetzt werden wir alles dran setzen, Ihren Chef wieder zu finden.«

Bedrückt schlichen die drei Banker aus dem Zimmer.

Auch Brandtner und Böck kehrten zurück in den Schalterraum, wo sie auf ihren Kollegen Fritz Kunz trafen. Neben diesem hockte Rex auf dem Boden und beobachtete die Vorgänge in der im Ausnahmezustand befindlichen *Stollbank*.

»Gibt's Neuigkeiten von der Ringfahndung?«, erkundigte sich der Kommissar bei Kunz.

»Viele blaue Audis«, entgegnete dieser, »aber kein verdächtiger dabei ...«

Dann blieb im Augenblick nur noch die Befragung Frau Stollbergs, der Frau des entführten Bankchefs, und eine unbestimmte Suche nach Straffälligen auf Freigang. »Fritz, such bitte haftentlassene Bankräuber aus der Kartei raus. Alle, die kein hundertprozentiges Alibi haben, holst du zu einer Gegenüberstellung mit der Zeugin.«

Kunz hatte schon den Mund geöffnet, um gegen ein solches zielloses und vor allem arbeitsaufwändiges Vorgehen zu protestieren, besann sich dann aber eines Besseren. Dem Kommissar in diesem Vorhaben zu widersprechen hatte genauso wenig Zweck, wie einen Raketenflug mit einem Sprung vom Apfelbaum zu vergleichen.

2

Der blaue Audi war bald gefunden. Ein kauziger Einsiedler hatte den Fahndern auf die Sprünge geholfen.

»Und warum haben Sie sich erst heut gemeldet? Sie haben den Schuss doch schon gestern Nacht gehört«, wandte Kommissar Brandtner sich an den alten Mann, der Pfeife rauchend neben ihm stand.

Dieser hielt einen respektvollen Abstand zu dem Fluchtwagen, vor dem sich die nächtliche Szene abgespielt hatte, doch niemand vermochte so genau zu sagen, *was* sich dort eigentlich abgespielt hatte. Er sah den Herren von der Spurensicherung jedoch unverwandt neugierig bei der Arbeit zu. »Ich hab so Angst g'habt, dass mir auch was passiert«, beantwortete der Bewohner der kleinen Fischerhütte am Donauufer Brandtners Frage mit starkem Wiener Dialekt. Er hatte sich erst am Morgen aus seinem improvisierten Häuschen getraut, das auf einer Plattform über dem Wasser gebaut und über einen kleinen Steg erreichbar war. Am Ufer hatte er eine Blutspur entdeckt, die quer über den sandigen Weg vor dem Gebüsch verlief, hinter dem der Audi stand. Daraufhin hatte er einen vorbeikommenden Radfahrer angehalten und ihn aufgeregt gebeten, über Handy die Polizei zu verständigen.

»Wir haben dadurch wertvolle Zeit verloren«, sagte Christian Böck streng.

»Müsst's halt heut schneller arbeiten.« So war eben die Logik der gegebenen Umstände. Der alte Mann, der mit seiner karierten Hose und dem weißen Shirt unter schlabbrigen Hosenträgern ein wenig wie im falschen Film oder im falschen Jahrhundert wirkte, zuckte gleichgültig mit den Achseln.

Er schien gar nicht zu merken, dass seine Retourkutsche den Polizisten unheimlich ärgerte. »Also jetzt passen Sie mal auf …«, begann Böck mit hochrotem Gesicht, wurde jedoch von dem alten Mann respektlos unterbrochen. »Seid's froh, dass ich euch überhaupt ang'rufen hab …«, murmelte dieser, während er in schäbigen Filzpantoffeln durch die kühle Morgenluft zu seiner Hütte zurückschlurfte.

»Das will ich nicht gehört haben!« Fassungslos sah Böck dem Eigenbrötler nach. Unglaublich, was der Hund sich herausnahm!

»Rex!« Brandtner sah sich nach seinem Hund um, der auf sein Rufen hin pflichtbewusst angaloppiert kam, und Böck hatte sofort ein schlechtes Gewissen, weil er »Hund«, wenn auch nur in Gedanken, als Schimpfwort benutzt hatte.

Erwartungsvoll wies der Kommissar den professionellen Spurenleser auf das Blut hin, das in einer dünnen, unregelmäßigen Linie über den Weg führte.

Sofort nahm Rex die Witterung auf und folgte dem Geruch der roten Flüssigkeit. Vor der dichten Uferböschung der Donau blieb er winselnd stehen.

Hier endete die Spur.

Die beiden Kriminalbeamten, die ihm nachgeeilt waren, schlossen zu dem wartenden Hund auf und blickten synchron auf die sanft wogende Donau hinaus.

»Der Stollberg hat den Täter gesehen«, mutmaßte Brandtner, angesichts der Beweislage. »Deshalb wird der ihn wahrscheinlich umgebracht haben.«

Böck stimmte ihm zu. »Bei der starken Strömung kann das lange dauern, bis die Taucher die Leiche finden – falls sie sie überhaupt finden …«

»Probieren müssen wir es aber.«

Ein untersetzter Polizeibeamter gesellte sich zu ihnen, um Böck einen Zettel in die Hand zu drücken. »Der Audi ist gestern im zehnten Bezirk als gestohlen gemeldet worden«, las Böck laut vor, was auf dem Zettel stand.

»Alles klar.« Die Informationen formten sich in Brandtners Kopf zu einer Kette von Ermittlungsschritten: »Wir brauchen bitte eine DNA-Analyse vom Blut hier«, es klingelte in seiner Sakkotasche, »und irgendwelche biologischen Spuren vom Stollberg. Wenn du das übernehmen könntest?«

Böck nickte und eilte zurück zu den anderen Polizeibeamten.

»Brandtner?«, meldete sich der Kommissar auf seinem Handy, während sein analytischer Blick noch einmal das unschuldig daliegende Wasser absuchte. »Morgen, Fritz! … Aha, seltsam … Gib mir die Adresse, ich kümmer mich drum.«

Die telefonierende Gattin des *Stollbank*-Chefs machte ein versteinertes Gesicht. Mit dem schnurlosen Hörer am Ohr machte sie dem jungen Mann, dem sie soeben die Tür geöffnet hatte, Zeichen hereinzukommen. »Furchtbar …«, sagte sie in die Sprechmuschel, sah dabei aber unverwandt den Neuankömmling an. »Ja, danke, dass Sie sich gemeldet haben.«

Der ganz in sportliches Weiß gekleidete, gleichmäßig gebräunte Mann trat unsicher ein, während die Hausherrin mit selbstbewussten Schritten in die geschmackvoll eingerichtete Villa voranmarschierte, ihr Besucher hinterher.

»… Nein, ich komm schon zurecht …«, versicherte sie dem Anrufer, vielleicht eine Spur zu ungeduldig. »Ja, ja …« Sie bemühte sich, einen traurigen Frosch in ihren Hals zu räuspern, um sodann mit künstlich belegter Stimme hinzuzufügen: »Halten Sie mich bitte weiter auf dem Laufenden … Auf Wiederhören, Herr Böck.«

Ihre Tonlage änderte sich erneut, als sie herumfuhr und den überrumpelten jungen Mann, der unmittelbar hinter ihr stand, zornig anfauchte: »Spinnst du, einfach so hierherzukommen. Die Polizei könnte jederzeit hier auftauchen!«

»Ich wollte dich sehen …«, hauchte Tom Wenninger in einem Anflug echter Verzweiflung.

Sie versuchte, sich zusammenzureißen. Gerade jetzt musste sie unbedingt einen kühlen Kopf bewahren. Da ihr ungehaltenes Auftreten den Besucher sichtlich verunsicherte, machte sie einen versöhnlichen Schritt auf ihn zu und küsste ihn flüchtig auf die Wange, um ihm anschließend von ihrem wenig erfreulichen Telefonat mit dem Kriminaldezernat zu berichten: »Die Polizei hat den Fluchtwagen gefunden und vermutet, dass Markus tot ist. Du musst gehen, bevor uns hier wer zusammen sieht.« Sie sah ihn mitleidig an. »Wir telefonieren«, schloss sie kurz angebunden und komplimentierte den vollkommen verdatterten Tom rückwärts zur Tür hinaus.

»Ich hab Schwierigkeiten, Eva …«, begann dieser erneut, diesmal eindringlicher.

Doch die temperamentvolle Frau mit den langen, blond gesträhnten Haaren interessierten seine Probleme im Moment nicht. »Ruf mich an«, wiederholte sie knapp ihre Abschiedsfloskel.

Und ehe er sich versah, stand Tom Wenninger auf der anderen Seite der wunderschönen weißen Eingangstür.

»Erkennen Sie jemanden wieder?«

Tina Baumann saß leicht nach vorn gebeugt im Gegenüberstellungsraum und starrte konzentriert durch die große, auf der anderen Seite blickdichte Scheibe. Schließlich lehnte sie sich resigniert zurück: »Nein. Ohne Maske hab ich ihn ja nur von hinten gesehen.«

Der Kommissar drückte auf den Knopf einer Gegensprechanlange: »Bitte alle umdrehen und Maske herunternehmen!«

Die fünf männlichen Verdächtigen in dem angrenzenden Raum jenseits der Scheibe kamen der Aufforderung sofort nach. Mit skeptischem Blick musterte die Zeugin die fünf breiten Rückenansichten. Sahen sich alle ziemlich ähnlich – obwohl …

»Warten Sie mal!« Sie deutete mit ausgestrecktem Zeigefinger auf den Mann in der Mitte. »Der vielleicht … Nummer drei …«

»Lassen Sie sich nur Zeit«, sprach Brandtner beruhigend auf die junge Frau ein, die mit einem Mal sehr angespannt wirkte.

»Ich glaube, der könnt's gewesen sein.« Tina Baumann nickte, ganz langsam, als wäre der Wiedererkennungseffekt noch nicht ganz abgeschlossen.

»Okay, hören Sie sich einmal seine Stimme an.« Brandtner betätigte wieder den Knopf an der Gegensprechanlage. »Nummer drei, bitte sagen Sie uns Namen und Adresse.«

Eine tiefe Stimme mit starkem Akzent erfüllte beide Räume, als »Nummer 3« zu sprechen begann: »Jerzy Wojnar. Ich wohne in Kagran, Neugasse. Wollen Sie auch die Adresse in Polen?«

»Nein, danke«, sagte der Kommissar über die Sprechanlage.

Die junge Frau neben ihm war während der kleinen Ansprache des Mannes wieder mutlos in sich zusammengesackt.

»Und?«

Sie schüttelte enttäuscht den Kopf.

»Danke, die Herren können gehen.«

Von der Glastür her bekam Brandtner jetzt von Kollege Fritz Kunz ein Zeichen. Er wandte sich von der Sprechanlage ab und eilte zur Tür.

»Was gibt's?«

Kunz konnte mit interessanten Informationen über die finanziellen Regelungen der Stollbergs aufwarten: »Im Privatsafe vom Stollberg hat man einen Ehevertrag gefunden. Bei einer Scheidung erhält seine Frau nur zehn Prozent seines Vermögens.«

Der Kommissar kombinierte: »Bei seinem Tod würde sie also wesentlich mehr kriegen.«

»Allerdings.«

»Danke, Fritz.« Nachdenklich kehrte Brandtner zu der Zeugin zurück, die nach der Gegenüberstellung immer noch teilnahmslos auf ihrem Stuhl saß. »Wie gut kennen Sie eigentlich Frau Stollberg?«, fragte er unvermittelt in die trostlose Kargheit des schmucklosen Zimmers hinein.

Sie blickte irritiert auf. »Na ja, nur so von den Weihnachtsfeiern und ähnlichen Gelegenheiten. Sie ist nicht oft in der Bank. Wieso?«

»Haben die Stollbergs eine gute Ehe geführt?«

Ihre Augen zogen sich zu schmalen Schlitzen zusammen, wie die einer in Bedrängnis geratenen Katze. »Also, ich versuche, meine Nase nicht in Dinge ...«

»Ja oder nein?«

Der stets so höfliche Kommissar konnte ja wirklich unangenehm hartnäckig sein. Sie zögerte. »Na ja, es gibt da schon ein Gerücht ...«

»Wir leben von Gerüchten«, drängelte Brandtner betont liebenswürdig.

»Angeblich hat sie was mit ihrem Golftrainer.«

»Wissen Sie, wie der heißt oder zumindest, wo er arbeitet?«, erkundigte er sich aufhorchend.

Die junge Frau überlegte einen kurzen Moment. »Ich glaube, im Aston Club. Aber wie gesagt, das Ganze ist nur ein Gerücht.«

»Dankeschön, Frau Baumann.«

Bitte. Das hatte sie doch gern gemacht.

»Der Golftrainer heißt Tom Wenninger und ist heute nicht im Club«, sagte Böck, nachdem er den Hörer zurück auf die Gabel geschoben hatte. »Ich habe aber seine Privatadresse.«

»Worauf warten wir?« Fritz Kunz stand von seinem Schreibtisch auf, auf dem noch die Reste einer Wurschtsemmel-Brotzeit vor sich hin vegetierten, und nahm seine Jacke vom Bürostuhl.

»Bis der Alex aus der Gerichtsmedizin kommt«, beantwortete Christian Böck die rhetorisch gemeinte Frage seines Kollegen.

»Das kann aber noch dauern.«

Der Meinung war Rex anscheinend auch. Er lief zur Tür, drückte mit einem eleganten Hüpfer die Klinke hinunter und preschte auf den Gang hinaus, sodass die beiden Kriminalpolizisten sich beeilen mussten, um hinterher zu kommen.

Sie fanden die kleine Straße, in der Herr Wenninger laut Böcks krakelig beschriebenem Notizzettel wohnte, auf Anhieb und parkten den Wagen vor dem Mehrfamilienhaus.

»Letzter Stock, nehmen Sie den Lift!«, kam es verunsichert aus der Gegensprechanlage, nachdem Böck geklingelt und das Trio am Hauseingang mit den beunruhigenden Worten »Kriminalpolizei. Wir haben da ein paar Fragen an Sie« vorgestellt hatte.

Der Türöffner summte, und schon flitzte der sehnige Schäferhund an Kunz vorbei in das Stiegenhaus.

Den Wurschtsemmel-Experten erinnerte der athletische Ehrgeiz des Tieres entfernt an den Duschgel-Werbespot von Marc Reinhardt. Dass man aber auch überall mit der eigenen Unsportlichkeit konfrontiert wurde!

Kollege Böck schien seine Gedanken zu erraten. »Jetzt weißt du, warum der Rex so schlank ist«, stichelte er.

»Ich lach dann oben.« Beleidigt wartete Kunz, dass der Lift sich endlich ins Erdgeschoss bequemte.

Wenig später stiegen die beiden Polizisten gemeinsam in den Aufzug. Sie kamen jedoch nicht weit. Nachdem sie den ersten Stock passiert hatten, ging durch den Lift ein leichter Ruck – und mit einem Mal, fast schon auf Höhe des zweiten Stockwerks, blieb er stehen.

»Du und dein Lift!«, schimpfte Böck verärgert.

»Hättest ja die Stiegen nehmen können, Sportskanone«, gab sein Kollege mürrisch zurück. »Was ist eigentlich los?«

Los war, dass Wenninger einige Stockwerke über ihnen am Schutzgitter des Aufzugs die Liftführung manipuliert hatte. Nach getaner Arbeit spähte er vorsichtig über das Treppengeländer, das sich spiralförmig über die einzelnen Stockwerke nach oben zog. Zwei Etagen tiefer sah er einen Schäferhund rasch näher kommen. Er trat einen Schritt zurück und versteckte sich zwischen einigen Farbeimern hinter einer nahezu blickdichten Plastikplane, die anlässlich einiger Malerarbeiten vor dem Eingang der Nachbarwohnung aufgehängt worden war. Der intensive Geruch von Farbe hüllte ihn ein, benebelte auch die Nase des herannahenden Schnüfflers.

Achtlos lief der Hund an ihm vorbei.

Als Rex seinen Weg ins nächste Stockwerk fortgesetzt hatte, preschte Wenninger aus seinem Versteck hervor und rannte, immer zwei auf einmal nehmend, die Stufen hinunter.

»Entschuldigen Sie, könnten Sie uns bitte helfen? Der Lift ist plötzlich stehen geblieben«, rief Kunz höflich durch den diffusen Glaseinsatz in der Aufzugtür, als ein nervöser Mann mit dunkelbraunen Haaren in Höhe der zweiten Etage an dem blockierten Lift vorübereilte.

Der Hausbewohner reagierte nicht.

Sie sahen sich verständnislos an.

Da erkannte Böck in dem eiligen Bewohner den Mann, wegen dem sie eigentlich gekommen waren: »Herr Wenninger!«

Keine Antwort.

»Herr Wenninger, lassen Sie uns sofort hier raus!« Sein Befehlston konnte den flüchtenden Mann jedoch ebenso wenig aufhalten. Dann musste er das Wort eben an jemanden richten, der nicht nur hörte, sondern auch hören wollte. »Rex! Schnell!«, brüllte Böck, so laut er konnte, in die oberen Etagen hinauf.

Sofort machte der Polizeihund, der inzwischen auf dem obersten Stockwerk angekommen war, eine pirouettenähnliche Kehrtwendung und jagte mit großen Sätzen die unzähligen Treppenstufen wieder nach unten.

Die beiden eingesperrten Polizisten sahen ihn in vollem Lauf an der Aufzugtür vorbeisprinten, zwischen zwei Buben hindurch, die ihm respektvoll Platz machten.

Die Buben sahen dem Hund beeindruckt nach, rührten sich aber angesichts der eingeklemmten Polizeibeamten nicht von der Stelle. Wenninger hatte die beiden Gameboy spielenden Kinder auf der Treppe angewiesen, »die zwei Einbrecher«, wie er sich zu Böcks und Kunz' maßloser Verärgerung ausdrückte, in Schach zu halten, bis er die »Polizei« geholt hatte. Es schien den Jungen nicht weiter suspekt, dass sich der Mann im Zeitalter von festen und mobilen Telefonen zu Fuß aufmachte, um die Polizei persönlich zu »holen«.

Die beiden Gelackmeierten hatten einen erfolglosen Versuch unternommen, den Jungs klarzumachen, dass die Polizei bereits da war, doch einer der beiden, ein kleiner blonder Rotzlöffel mit bei weitem zu tief hängender Jeanshose, hatte nur herablassend geantwortet: »Wir kennen alle Tricks: Die Plakette ist sicher gefälscht.« Eindeutig zu viel Fernsehen geguckt und zu viel Gameboy gespielt. Kunz seufzte, während sein Kollege hastig sein Handy zückte, um Alex Brandtner um Befreiung aus ihrer peinlichen Misere und um Verstärkung für seinen

Hund zu bitten, der gerade allein auf Verfolgungsjagd durch Wien unterwegs war.

Sie konnten nur hoffen, dass der Rex mehr Glück hatte als sie.

Dem Hund war es tatsächlich gelungen, Tom Wenninger bereits wenige Meter hinter dem Hauseingang abzufangen. Bedrohlich knurrend und zähnefletschend stellte er sich dem Mann in den Weg, sodass dieser seitwärts auswich und mitten zwischen den schmuddeligen Tischen und Stühlen eines wenig besuchten Straßencafés landete.

Um kein unnötiges Aufsehen zu erregen, kam Wenninger der unfreundlichen Aufforderung des Hundes prompt nach und ließ sich in einen der Stühle fallen. Er versuchte, so zu tun, als wollte er bloß eine gemütliche Siesta einlegen. Als Rex sich einen kurzen Augenblick umdrehte, um verständnislos nach seinen beiden Kollegen vom Kriminaldezernat Ausschau zu halten, versuchte der Golftrainer, sich unbemerkt wieder zu erheben. Aber Rex hatte die Bewegung aus den Augenwinkeln bemerkt und kläffte ihn sofort wütend an.

Wenninger plumpste wie von unsichtbarer Hand geschubst in den Stuhl zurück.

Von hinten näherte sich nun ein geschäftiger Kellner. »Was darf's sein?«, fragte er, angesichts der schäbigen Einrichtung unangemessen vornehm.

Wenninger bestellte, schielte dabei jedoch unverwandt auf den ungnädigen Schäferhund: »Ähem, eine Melange.«

»Und ein Wasser für Ihren Hund?«, schlug der Kellner mit einem zuvorkommenden Lächeln vor.

Wenninger sah den Mann einen Moment lang an, als hätte der nicht alle Tassen im Schrank, bevor er die an ihn gestellte Frage begriff und sofort heftig zu nicken begann: »Ja … bitte. Sehr aufmerksam.«

»Und was machen Sie jetzt mit den Einbrechern?«, fragte der blonde Naseweis mit großen, runden Augen, als Brandtner seine beiden schlecht gelaunten Kollegen per Knopfdruck aus dem Aufzug entließ.

Der Kommissar tat, als würde er angestrengt nachdenken. »Das muss ich mir noch gut überlegen. Los, mitkommen!«, sagte er daraufhin streng zu Böck und Kunz.

Mit versteinerten Mienen stiegen die beiden aus dem Lift und folgten dem Kommissar hinaus auf die Straße.

»Is' ja voll öd«, maulte der blonde Junge sichtlich enttäuscht. »Die kriegen ja nicht mal Handschellen!«

»Das ist, weil sich die Feiglinge nicht gewehrt haben«, sagte sein schlauer Kumpel und setzte sich zu ihm auf den Treppenabsatz. Handschellen waren nur was für wirklich Coole, die zuerst mutig ihr Leben verteidigt hatten.

»Sind sicher zwei Anfänger.«

Kurz nachdem der Ober Wiener Melange und Wasser an den Tisch gebracht und Wenninger den Hund mehrmals erfolglos zum Trinken animiert hatte, um seine Tarnung als durstiger Hundebesitzer aufrechtzuerhalten, hörte Rex einige Dutzend Meter neben dem Straßencafé seinen Namen.

Auch Wenninger hob den Kopf und sah die beiden Typen aus dem Aufzug und einen weiteren Herrn, groß, mit kurzen dunklen Haaren, zielstrebig auf das Café zukommen. An eine Flucht war indessen nicht mehr zu denken, denn der Schäferhund ließ ihn keinen Moment lang aus den Augen.

»Danke, dass Sie auf uns gewartet haben«, sagte Brandtner sarkastisch, als sie das Café endlich erreicht hatten. Sein wirklicher Dank galt natürlich Rex, den er anerkennend hinter den Ohren kraulte. Er merkte, dass der Hund nach dem Wassernapf schielte und ließ ihn lächelnd gewähren: »Trink ruhig.«

Durstig wie ein Fisch auf dem Trockenen – oder wie Kunz nach dem Verzehr einer Wurschtsemmel – machte sich Rex über den Wassernapf her. Seinem Herrchen fielen dazu eine Menge Vergleichsmomente ein.

3

Mit ausschweifenden Reden und dramatischen Gesten vertraute Wenninger den beiden Polizeibeamten in Brandtners Büro seine Geständnisse an, doch ein Mordgeständnis war nicht dabei.

»In den letzten Monaten hab ich große Summen beim Golfen verwettet … vor ein paar Tagen musste ich bei einem Spiel mit einem russischen Millionär meinem Glück ein wenig nachhelfen.« Mehrfach wiederholte er diejenige Geste, die ihn am hilflosesten erscheinen ließ: beide Hände leer vor sich ausgestreckt.

»Hat der Millionär es gemerkt?«, fragte Brandtner, trotzdem wenig beeindruckt, nach.

»Irgendein Idiot hat's ihm am nächsten Tag erzählt. Er hat gedroht, jemanden vorbeizuschicken, der mir alle Knochen bricht.« Wenningers riesige Golfer-Hände ruhten jetzt auf seinen Knien. Er sah aus wie ein ratloser Buddha. Oder waren es gar nicht die theatralischen Gesten, die so Mitleid erregend wirkten? Hinter seinem Schreibtisch legte Kunz den Kopf schief und musterte die gebräunten Gesichtszüge, dann die weit aufgerissenen Augen. Genau, es waren vor allem seine Augen, die so verzweifelt dreinblicken konnten. Gut, dass Rex nicht darauf reingefallen war.

»Meine Kollegen sehen also aus wie zwei russische Schlägertypen?«

»… die man in den Lift sperren muss«, setzte Kunz vorwurfsvoll aus dem Hintergrund hinzu.

»Na ja, von oben …«

Brandtners Kollege beschloss heimlich, sich regelmäßiger das Kinn zu rasieren und seine kurz geschorenen Haare vielleicht umgekehrt mal zwei Zentimeter wachsen zu lassen. Wie ein Schlägertyp wollte er nun wirklich nicht aussehen, nicht mal von oben.

»Aber was hat das alles mit dem Bankraub zu tun?«, ergriff Wenninger nun wieder das Wort.

Tja, eine schweigsame Sekunde, und schon stellte der Verdächtige die Fragen. Doch der Kommissar wusste mehrere passende Antworten: »Erstens trifft die Täterbeschreibung auf Sie zu, zweitens haben Sie kein brauchbares Alibi, und drittens sagt man, Sie hätten eine Affäre mit Frau Stollberg …«

»Ich war wirklich allein zu Hause! Und Frau Stollberg nimmt wirklich«, er dehnte das Adverb unerträglich in die Länge, »bei mir seit Jahren Trainerstunden, nicht mehr und nicht weniger.«

… nicht Wenninger, scherzte Kunz insgeheim. Außerdem, wenn man vom Teufel sprach …, konnte man ihn gleich selbst fragen.

Die Tür war aufgesprungen, und Christian Böck betrat mit einer Frau in fliederfarbener Bluse und weißer Tuchhose den Büroraum, die arrogant um sich blickte und für eine trauernde Witwe einen erstaunlich munteren Eindruck machte.

Brandtner begrüßte sie und bot ihr freundlich einen kargen Stuhl an, der einen bescheidenen Gegensatz bildete zu ihrem versnobten äußeren Erscheinungsbild: »Guten Tag, Frau Stollberg. Danke, dass Sie gekommen sind, wir hätten da ein paar Fragen.«

Thomas Jäger merkte nicht, dass hinter ihm jemand geduckt in den Hauseingang schlich, aus dem er selbst gerade im dunkelgrünen Trainingsanzug herausgejoggt war.

Er hatte seine eigenen Geheimnisse, die ihn auf seinem schweißtreibenden Weg zum Park begleiteten. Vor allem musste er seine Nervosität in den Griff kriegen. Als ihn der Beamte von der Wirtschaftspolizei im Tresorraum der *Stollbank* dabei überrascht hatte, wie er sich nach dem Überfall rasch einige Unterlagen zusammensuchen wollte, war ihm seine Hektik um ein Haar zum Verhängnis geworden.

Die Sonne schob sich durch die im Wind leicht hin und her wiegenden Wipfel der Bäume und machte aus dem einheitlich sandigen Boden vor ihm einen fleckigen, unruhigen Weg. Verträumt begann sie ihr Spiel mit dem Schatten.

Auf der Stirn des nervösen Mannes hatten sich nicht nur der körperlichen Anstrengung wegen erste Schweißperlen gebildet, als er die Prater Hauptallee erreichte, wo er auf einen ebenfalls joggenden Kollegen traf.

Eine Weile liefen die beiden Männer, regelmäßig und hörbar ein- und ausatmend, nebeneinander her, der schweigsame Beginn eines Kräftemessens.

Jäger brach als Erster das beredte Schweigen: »Unsere Bank borgt sich 35 Millionen aus, und ausgerechnet an dem Tag, an dem das Geld in den Tresor kommt, gibt's einen Überfall.«

»Der Täter hat einfach Glück gehabt«, versuchte Czermak, den Verdacht des anderen bereits im Keim zu ersticken.

»Oder er wusste ganz genau, wie viel Geld im Tresor ist, weil es sein Job ist, das zu wissen.«

»Du hast eine blühende Fantasie.« Czermak schlug einen unwirschen Haken, der ihm seinen Gesprächspartner und dessen lästige Andeutungen für einige Sekunden vom Hals schaffte.

Aber nachdem sich Jäger wieder mit dem Kollegen auf gleiche Höhe gejoggt hatte, wurden diese Andeutungen sogar noch um einiges konkreter: »Ich weiß es: Du hast die Huber und den Stollberg umgebracht.«

Czermak blieb abrupt stehen. »Das ist doch völlig absurd!«

Entweder war es das wirklich, oder aber sein Kontrahent hatte einen wunden Punkt erwischt. »Ob du die Geschichte mit Frau Stollberg oder alleine durchgezogen hast, ist mir egal, ich will die Hälfte vom Geld«, sprach dieser nun mutig seine erpresserische Forderung aus.

Czermak hatte die Hände in die Seiten gestemmt und funkelte den Kollegen zornig an. »Ich finde es interessant, dass du mir sowas überhaupt zutraust«, blaffte er entrüstet.

Doch Jäger war nicht zu stoppen. Sein Angriff wurde jetzt zunehmend persönlicher: »Ich war nie dafür, dass Stollberg dich in die Bank nimmt. Es ist eine Zeitbombe, jemanden anzustellen, der schon einmal wegen Unterschlagung gefeuert wurde!«

Offenbar hatte der Prokurist auch damit einen empfindlichen Nerv getroffen. »Woher weißt du das? Vom Stollberg?«, schnappte Hans Czermak.

Die Überlegenheit, die sein Wissen ihm einbrachte, beflügelte Jägers Zunge. »Das tut nichts zur Sache«, sagte er selbstsicher. »Du lieferst das Geld in zwei Stunden bei mir ab. Wenn du nicht da bist, informiere ich die Polizei. Ich hab unter anderem auch die Kreditunterlagen mit dem Überweisungsdatum sichergestellt, für den Fall der Fälle. Also bis später.« Damit drehte sich Jäger um und joggte von dannen. Er hatte es geschafft, er war vollkommen souverän und bestimmt auch überzeugend gewesen. Sogar der alberne grüne Jogginganzug hatte seiner Glaubwürdigkeit keinen Abbruch getan.

Nachdem Eva Stollberg und Tom Wenninger mit kühlem Gruß das Büro verlassen hatten, meckerte Fritz Kunz, der die Freilassung des Golftrainers persönlich nahm: »Also ich hätt' die beiden nicht gehen lassen. Wer Leute in Aufzüge sperrt, ist zu allem fähig!«

»Wir haben zu wenig in der Hand«, wandte Brandtner ein.

Die separate Befragung von Stollbergs Frau war nicht sehr ergiebig gewesen. Auch sie bestritt hartnäckig, ein Verhältnis mit Wenninger zu haben. Sie habe ihm im Golfclub lediglich ihr Herz ausgeschüttet, wenn die Probleme mit ihrem unsensiblen Ehemann für sie unerträglich geworden waren. Sie hatte jede noch so subtile Andeutung der Kripobeamten auf ein Mordkomplott als spekulativ und grotesk zurückgewiesen und schließlich verkündet, ohne ihren Anwalt überhaupt nichts mehr zu sagen.

Der Kommissar wurde aus seinen Überlegungen aufgeschreckt, als Böck den Telefonhörer auf die Gabel knallte. »Haben wir ein Fahndungsergebnis?«, fragte er den triumphierend durch die Zähne pfeifenden Kollegen hoffnungsvoll.

»Nein, aber zwei interessante Infos.« Böck setzte sich zwischen Kunz und dem Kommissar auf einen Stuhl, der von der letzten Befragung noch herumstand. »Die *Stollbank* ist laut Wirtschaftspolizei hoch verschuldet. Zur Zeit des Überfalls waren aber 35 Millionen Schilling im Tresor.«

Kunz hüllte sich in beeindrucktes Schweigen, während Brandtner nachdenklich bemerkte: »Besonders interessant ist, dass uns niemand davon erzählt hat.«

Der nächste Schritt bestand darin, die Bankangestellten mit der neuen Information zu konfrontieren. Dazu hatte das kriminalistische Team Tina Baumann, Hans Czermak und Thomas Jäger umgehend ins Büro gebeten.

»Ich hatte keine Ahnung, dass so viel Geld im Tresor war, und es gehört auch nicht zu meinen Aufgaben, das zu wissen«, verteidigte die junge Sekretärin sich sofort.

»Und dass die *Stollbank* hoch verschuldet ist?«, hakte Brandtner nach.

Ihre Antworten waren klar und gerade heraus: »Natürlich hab ich das gewusst, es hat ja genügend Korrespondenz mit den Gläubigern gegeben.«

»Und warum haben Sie nichts gesagt?«

»Was hat das mit dem Überfall zu tun?«, kam die unschuldige Gegenfrage.

Czermak, der im Nebenraum von Böck in die Mangel genommen wurde, vermittelte einen ähnlich unbescholtenen Eindruck.

»Der Hauptsitz jeder Bank muss größere Barrücklagen im Tresor haben. Ob diese Gelder jetzt Eigentum oder Kredite bei anderen Banken sind, darf mich gar nicht interessieren«, hatte er auf die Frage nach den 35 Millionen mit einer Selbstverständlichkeit geantwortet, derer höchstens ein vollkommen unschuldiger Bankfachmann oder eben ein kaltblütiger Mörder fähig war.

Nur Herr Jäger war noch nicht erschienen.

»Was soll das Ganze überhaupt?«, beschwerte sich Tina Baumann im Nebenraum. »Nur weil bei der Fahndung nichts rausgekommen ist, konzentrieren Sie sich jetzt krampfhaft auf die Mitarbeiter der Bank?«

Das Läuten von Brandtners Telefon ersparte diesem die Verlegenheit, das Vorgehen durch fantasievolle Erklärungen zu rechtfertigen. Er eilte zu seinem Schreibtisch, doch sein Kollege hatte den Hörer bereits in der Hand.

»Büro Brandtner, Kunz?«, meldete dieser sich. Einige Sekunden lang schwieg er betroffen. Schließlich blickte er zu Brandtner auf und sagte, halb in den Hörer, halb zu dem Kommissar, der seinen Blick fragend erwiderte: »Das ist ja schrecklich ...«

Dr. Graf, im bequemen braunen Anzug mit weiß getupfter Fliege, betrachtete gedankenverloren die Leiche von Thomas

Jäger, der komplett entblößt auf dem marmorierten Badezimmerboden lag.

Kleine schwarze Schildchen mit weißen Nummern markierten die Beweisgegenstände auf den edlen Kacheln: Ein weißes Handtuch, eine Brille mit schwarzem Rand, einen Plastikbehälter mit Duschgel, der dem Mann im Moment des Unfalls aus der Hand gerutscht sein musste.

»Die Mieter unterhalb haben den Hausmeister gerufen, weil es von der Decke tropfte. Und dann haben sie ihn tot in der Dusche gefunden«, rapportierte der Mann mit der Fliege, was er selbst soeben in Erfahrung gebracht hatte.

Brandtner, der ebenfalls neben dem Toten hockte, hörte Dr. Grafs Bericht aufmerksam zu – aufmerksamer als Rex, der lieber die Ecken des feudalen Badezimmers inspizierte. »Weißt du schon den Todeszeitpunkt?«, wollte der Kommissar von dem Gerichtsmediziner wissen.

»Zwischen 16 und 17 Uhr. Aber die Todesursache ist für mich noch völlig unklar. Der Kopf weist zwar eine Verletzung an der rechten Schläfe auf, ich bin mir aber sicher, dass sie nicht letal war.«

»Was gibt's sonst für Möglichkeiten?«, erkundigte sich Böck, der zu den beiden anderen in das luxuriös ausgestattete Badezimmer getreten war.

»Viele«, entgegnete Dr. Graf. »Vielleicht hatte er ein Herzproblem oder irgendeine andere Krankheit, die man äußerlich nicht feststellen kann.«

»Du siehst also keinerlei Anzeichen von Fremdeinwirkung?«, fragte Brandtner verwirrt. Das passte gar nicht in das Bild, das er bisher in seinem Kopf von diesem Fall, wenn auch mit blassen Farben, nachgezeichnet hatte.

»Sieht nicht danach aus.« Der Mediziner schwang sich seine braune Ledertasche über die Schulter, rückte die Fliege zurecht und wandte sich zum Gehen. »Näheres weiß ich nach der Obduktion. Also, grüß euch!« Hinter sich ließ er zwei ratlose Kriminalpolizisten zurück, die nicht recht wussten, ob hier nun wegen Mordes zu ermitteln war oder nicht.

»Aber ein natürlicher Tod wäre bei *der* Bank ein seltsamer Zufall, oder?« Brandtner tat sich schwer, Jägers Unfall in der Dusche unvoreingenommen zu betrachten, doch Böck blieb skeptisch: »Es gibt nichts, was es nicht gibt«, erwiderte er philosophisch.

Da gab Rex, der offenbar ein Verdachtsmoment erschnüffelt hatte, einen winselnden Laut von sich. Gleichzeitig senkte er seine geruchsempfindliche Schnauze über einen Metalldeckel, der in der Duschtasse seitlich angebracht war.

Brandtner hockte sich neben ihn und roch es jetzt auch: Ein intensiver metallischer Geruch schien dem Deckel zu entströmen. Er warf einen prüfenden Blick in das Becken. Etwas machte ihn stutzig.

»Rex, hol den Leo!«

Der Schäferhund preschte sofort aus dem Bad.

»Der Geruch erinnert mich an die Autorennbahn, die ich als Kind gehabt hab.« Noch konnte Böck, der ihn verwirrt anblickte, nicht recht nachvollziehen, was Brandtners nostalgische Anwandlungen mit dem Fall zu tun hatten. Aber der Kommissar lieferte den Zusammenhang sofort nach: »Da hat es immer diese Funken an den Stromabnehmern gegeben … vielleicht ist Herr Jäger an einem Stromschlag gestorben.«

»Bei neueren Wohnungen geht das doch gar nicht. Da schmeißt es doch vorher die Hauptsicherung raus«, wandte Böck, der Skeptiker, ein.

Doch Brandtner wollte auf etwas anderes hinaus: »Die kann man überbrücken.«

Böck zog verständig die Augenbrauen hoch.

In diesem Augenblick kehrte Rex mit Dr. Graf zurück.

»Entschuldige, Leo. Kannst du bitte den Toten auf Strommarken untersuchen?«

»Strommarken?« Dr. Graf blickte den Kommissar an, als hätte der ihn gerade darum gebeten, auf den Händen durch das Bad zu laufen. Seufzend beugte er sich über den Toten und besah sich mit studierter Miene Handflächen und Fußsohlen des jungen Mannes.

Nach einer Weile stand er auf. Er musste sich erst verlegen räuspern, bevor er großmütig seinen Irrtum zugab: »Respekt, Kollegen! Bei der Todesursache dürfte es sich tatsächlich um die Einwirkung von elektrischem Strom gehandelt haben.«

Böck war immer noch nicht recht überzeugt. »Und wie soll das passiert sein?« Er ließ seinen fragenden Blick demonstrativ durch das saubere, sehr gepflegte Badezimmer schweifen.

»Ein offener Stromkreis, der sich dann schließt, wenn man auf der Duschtasse steht und zum Beispiel den Wasserhahn berührt«, erklärte der Kommissar, wie er sich den Tathergang vorstellte. »Vermutlich hat der Täter eine stromführende Phase an die Erdung der Metallduschtasse geklemmt.« Er deutete auf den Seitendeckel, der Rex auf Anhieb suspekt erschienen war. »Alles fein säuberlich abgebaut. Aber ich wette, dass die Spurensicherung Hinweise auf eine Stromfalle finden wird.« Da war es also beinahe jemandem gelungen, einen lästigen Mitwisser zu beseitigen, ohne dass irgendjemand Verdacht schöpfte.

Dr. Graf schien das Gleiche zu denken. »Der fast perfekte Mord …«, waren die beeindruckten Worte eines ansonsten schwer zu beeindruckenden Mannes.

Mit wachsamen Augen verfolgte Rex jede Bewegung des Pizzabäckers, der nacheinander verschiedene Zutaten hochhielt und den Schäferhund dabei fragend anblickte: Paprika, Pilze, ... Parmaschinken!

Rex bellte zustimmend, als der Italiener mit den hauchdünnen Fleischscheiben winkte. Zufrieden legte er sich neben den Tisch, an dem seine drei Kollegen vom Kriminaldezernat saßen, Pizza aßen und erhitzt debattierten.

»Keine Einbruchsspuren bedeutet«, kombinierte Böck mit vollem Mund, »dass der Täter einen Wohnungsschlüssel gehabt hat.«

»Da Jägers Wohnung der Bank gehört, ist es für einen Bankmitarbeiter kein Problem, einen zu besorgen«, führte Brandtner den Gedanken seines kauenden Kollegen weiter.

Ihr Gespräch wurde unterbrochen, als Rex entrüstet bellte, weil der Pizzabäcker die nur spärlich mit Schinken belegte Pizza in den Ofen schieben wollte. Gleichzeitig war Böck ein Stück Tomate von seiner eigenen Salamipizza auf sein dunkelblaues Sakko gefallen. Da war er wohl etwas zu gierig gewesen.

»Hoppla!«, sagte Böck etwas verspätet und verrieb das heruntergefallene Gemüse auf seinem Sakko mit einer Serviette zu Brei, während er zum Thema zurückkehrte: »Aber die Baumann und der Czermak können es nicht gewesen sein, weil die in der Zeit, als die Stromfalle abgebaut worden ist, bei uns im Büro waren.«

Das ließ nur eine einzige Schlussfolgerung zu: »Die Stollberg und der Wenninger!«, rief Kunz und sah zum ersten Mal, seit sie ihr Essen bekommen hatten, von seiner reichlich belegten vegetarischen Pizza auf.

»Ich glaub, unser Liftexperte hat da noch eine persönliche Rechnung zu begleichen«, sagte Böck mit einem ironischen Seitenblick.

»Scherzküberl.« Missbilligend fing Kunz den Blick auf, widmete sich dann den Resten seiner fleischlosen Mahlzeit.

»Vielleicht solltest du der Sache wirklich nachgehen«, überlegte Brandtner laut.

»Und keine Zeit verlieren«, stimmte Kunz, der ohnehin gerade sein letztes Stück Pizza verspeist hatte, aufstehend zu. »Bis später.«

Brandtner hob die Hand zum Gruß und wandte sich dann an seinen anderen Kollegen, der noch herzhaft dinnierte: »Und wir kümmern uns um die Lebensläufe der Bankmitarbeiter. Vielleicht ist jemand dabei, der elektrotechnisch vorbelastet ist.«

»... oder zu viele Krimis gesehen hat«, fügte Böck hinzu.

Kurze Zeit später erhoben sie sich ebenfalls.

Der Kommissar blickte sich suchend nach seinem Hund um, der nicht mehr neben dem Tisch lag.

Da sah er Rex um die Thekenecke biegen. Mit einem riesigen Pappkarton im Maul trabte er auf die beiden verdutzten Polizisten zu.

»Was hast du denn da?«, fragte sein Herrchen.

Die Antwort kam mit einem breiten italienischen Akzent von irgendwoher hinter der Theke: »Eine Grande Speciale!«

Während die Sonne langsam unterging, lief Tina Baumann in ihrem Apartment unruhig auf und ab. Die herannahende Dunkelheit beschwor wieder schreckliche Bilder aus ihrem Inneren herauf. Schließlich hielt sie es nicht mehr aus. Sie griff zum Telefonhörer.

Wenige Sekunden später meldete sich der beruhigende Klang einer vertrauten Stimme.

Doch das allein reichte ihr nicht. Ihre langen Fingernägel krallten sich in der Telefonschnur fest. »Ich bin's ... ich halt das nicht mehr aus ... ich kann nicht noch länger seelenruhig in die Bank marschieren, nur damit niemand Verdacht schöpft ...

ich muss dich sehen.« Sie hielt einen Moment angstvoll den Atem an, vollkommen aus dem Tritt gebracht durch den Protest, der ihr aus dem Hörer entgegenschlug, aber sie hatte sich entschieden: »Ich komme jetzt rüber … ja, es muss sein, bis gleich …«

Na, da war er ja gerade noch mal rechtzeitig gekommen. Fritz Kunz beobachtete mit der kritischen Miene eines Erwachsenen, der zwei Kinder bei einem Streich erwischte, wie Eva Stollberg und der verschuldete Golftrainer mit zwei Golfausrüstungen und einer Unzahl an Koffern und Köfferchen einen PKW beluden.

»Wohin soll denn die Reise gehen?«, fragte Kunz unschuldig, und die beiden Flüchtenden drehten sich erschrocken um.

Frau Stollberg hatte sich als Erste wieder gefangen. »Nach der ganzen Aufregung habe ich beschlossen, ein paar Tage wegzufahren. Herr Wenninger bringt mich zum Flughafen«, erklärte sie mit einer harmlosen Logik, durch die der gutmütige Polizist sich jedoch nicht bestechen ließ.

»Er ist auch so nett und borgt Ihnen eine zweite Golfausrüstung?«, sagte Kunz sarkastisch und zeigte in den Kofferraum.

Das ertappte Paar schwieg betroffen.

Aber Kunz hatte noch eine Frage: »Warum haben Sie Ihr Verhältnis abgestritten?«

»Ich hab diesen Ehevertrag, und Herr Wenninger hat finanzielle Probleme. Wie sieht das denn aus?«, fragte die blonde Diva fast anklagend zurück.

Kunz zögerte nicht, ihre Frage ehrlich zu beantworten: »Eben nicht so gut. Ich muss Sie bitten mitzukommen.«

4

Zum wiederholten Mal ließ Kommissar Brandtner das Überwachungsvideo aus der *Stollbank* vor- und zurücklaufen. Etwas machte ihn stutzig, er konnte bloß nicht sagen, was es war.

»Was willst du denn mit dem Video?«, drang Böcks Stimme aus dem angrenzenden Büroraum, »die Kollegen vom Labor haben ja auch nichts Auffälliges entdecken können.«

»Von Anfang an hat mich was irritiert«, erwiderte Brandtner langsam, »aber glaubst du, ich finde das?« Seine Augen ruhten konzentriert auf der Bildsequenz, während er unzufrieden die Fernbedienung traktierte. Nur ein schabendes Geräusch entlang der Wand ließ ihn kurz aufblicken, als Rex den sperrigen Pizzakarton zum Papierkorb schleppte.

Böck betrat jetzt mit einem Fax den Raum. »Die von der Wirtschaftspolizei schicken uns Einträge aus dem PC vom Stollberg.«

»Was Interessantes dabei?«, erkundigte sich Brandtner mit gespaltener Aufmerksamkeit, da ihm die Videoaufzeichnung keine Ruhe ließ.

»Schaut nicht so aus.« Sein Kollege drückte ihm mit großer Geste das Fax in die Hand, sodass Brandtner sich für einen Moment von dem Bildschirm abwenden musste. »Jede Menge Termine«, stellte er nach einem prüfenden Blick auf das Blatt fest, »und E-Mails, sind hauptsächlich Börsendienste und Bestellungen eines Internet-Botendienstes …«, er lächelte belustigt, »… für Blumen.«

Böck versuchte sich an einer möglichen, wenn er's recht bedachte, aber eher unwahrscheinlichen Erklärung: »Vielleicht hat er den weiblichen Kunden einen kleinen Geburtstagsgruß geschickt.«

Auch Brandtner hatte seine Zweifel an der Theorie: »Der Chef persönlich?« Außerdem machte er eine Entdeckung, die Böcks kreativer Phantasie Grenzen setzte: »Das ist immer dieselbe Zustelladresse.«

»Wohl eher eine private Geschichte. Vielleicht sollten wir uns das mal genauer anschauen.«

»Moment!« Brandtner hatte seinem Kollegen schon gar nicht mehr richtig zugehört, weil er soeben noch einmal das Videoband gestartet hatte.

Gebannt starrten die beiden Kriminalpolizisten auf den Fernseher. Wieder wurden sie Zeugen, wie zwischen den Anwesenden im Tresorraum verunsicherte Blicke ausgetauscht wurden und wie es nach dem kurzen Gerangel zu der Erschießung der Frau Huber kam.

Plötzlich erschütterte ihn die sehnlich erwartete Erkenntnis wie ein kleines Erdbeben. Brandtner kippte beinahe rücklings von seinem Stuhl, als er seinen Kollegen aufgeregt fragte: »Siehst du, was ich sehe?«

Böck hingegen sah überhaupt nichts, beziehungsweise nur das Offensichtliche, das, was er vorher auch schon gesehen hatte.

Der Kommissar spulte das Band noch einmal zurück. »Schau einmal genau auf die Huber«, wies er seinen verwirrten Kollegen an.

Doch der verstand immer noch nicht. »Was meinst du?«

»Ihr Gesichtsausdruck! Ich glaub, sie hat den Täter an irgendwas erkannt, siehst du?«

Am linken Bildschirmrand tauchte jetzt Frau Huber auf, die

dem Maskierten mit offenem Mund abwechselnd ins verhüllte Gesicht und auf die Hand mit der Waffe starrte.

»Und guck, jetzt schaut der Täter zum Stollberg. Wieso?«

»Keine Ahnung«, erwiderte Böck, dem allmählich der Geduldsfaden riss.

»Ich spiele es noch mal in Zeitlupe. Schau einmal genau.«

Frau Huber betrat langsam den Raum, blieb federnd stehen, musterte den Bankräuber eine Ewigkeit von oben bis unten, der wiederum sanft gleitend seinen Kopf zu Stollberg hinüberschwang, während diesem entgeistert das Kinn auf die Brust sank – und wieder hochschnellte. Brandtner hatte das Band zurück auf Normaltempo geschaltet.

»Und?«, fragte Brandtner erwartungsvoll.

»Hm?«, fragte Böck zurück.

»Der Stollberg!«

Ganz allmählich begann es Böck zu dämmern. In der Zeitlupe sah es tatsächlich so aus …

»… als ob Stollberg dem Täter den Auftrag erteilt, auf die Huber zu schießen!«, sprach Brandtner die Ungeheuerlichkeit aus. »Siehst du die kleine Kopfbewegung?«

Böck wurde auf einen Schlag die Tragweite dieser kleinen Geste bewusst. »Das würde ja bedeuten, Stollberg hat den Räuber gekannt …«

»… und der Überfall und die Geiselnahme waren gar nicht echt«, schloss der Kommissar nickend. Das Einzige, was faktischen Bestand hatte, war der Mord an Frau Huber. Doch dieser erschien auf einmal in einem ganz anderen Licht, im Licht der Wahrheit.

Sein verblüffter Kollege hatte allerdings noch einen Einwand: »Aber was ist dann mit der DNA-Analyse? Das Blut an der Donau war eindeutig vom Stollberg!«

Auch dafür hatte der Kommissar eine Erklärung parat: »Es

kann ja sein, dass er oder jemand anders die Blutspur absichtlich gelegt hat.«

Eine weitere, ungeheuerliche Erkenntnis zeichnete sich jetzt in Böcks Gesicht ab: »Das hieße also, Stollberg lebt …« Und das hieß, dass der Kreis der Verdächtigen, die in irgendeiner Weise in den Bankraub involviert waren, vielleicht komplett umstrukturiert werden musste: Wer war hier wirklich das Opfer, und wer war der Täter?

»Markus?« Unsicher streckte Tina Baumann den Kopf durch die Tür in die kleine Wohnung, die sie gerade mit ihrem Zweitschlüssel aufgesperrt hatte.

Ihr Herz pochte verräterisch, sie hatte das Gefühl, es hallte von den Flurwänden des Apartments wider, als würde die gesamte Wohnung pulsieren, in die sie jetzt ängstlich eintrat.

Vom Ende des Flurs her eilte ihr der dunkelhaarige Mann mit der signifikanten grauen Strähne ernst dreinschauend entgegen. Er umarmte sie kurz.

»Was willst du denn mit der Reisetasche?« Seine Stimme, fand sie, hatte einen unangenehm schneidenden Unterton, als er auf das große braune Ungetüm in ihrer Hand zeigte, in das sie auf die Schnelle alles hineingestopft hatte, was sie am anderen Ende der Welt brauchte. Denn dort wünschte sie sich im Augenblick sehnlichst hin.

»Ich flieg mit dir.« Ihr Entschluss stand fest.

»Das wäre zu auffällig.« Er entwand ihr die unhandliche Tasche und sprach dabei sanft, aber bestimmt weiter: »Wir machen's wie besprochen: Du gehst noch ein paar Monate in die Bank und kündigst dann.«

Sie musste ihm noch die andere Sache beichten. »Ich hab solche Angst. Es ist schon so viel schief gelaufen«, begann sie vorsichtig.

»Es wird alles gut, vertrau mir.« Der Bankchef umarmte sie erneut und konsultierte hinter ihrem Rücken verstohlen seine Armbanduhr. »Ich muss los.«

Also blieb nicht mehr viel Zeit, um ihm ein einschneidendes Geständnis zu machen. »Es gibt noch einen zweiten Grund für mich, gleich mitzukommen.« Sie hatte sich vorgenommen, ihre Neuigkeit möglichst neutral zu erzählen, aber sie konnte ihre Freude kaum unterdrücken. »Und der ist schon sooo groß.« Sie beschrieb mit Daumen und Zeigefinger eine Spanne von einem guten Zentimeter.

Stollberg sah sie begriffsstutzig an.

»Wir zwei haben noch ein Geheimnis«, sagte sie jetzt ausgelassen heiter und strich sich, um ihren Worten bildhaft Ausdruck zu geben, zärtlich über den Bauch.

Stollberg hatte nun verstanden. Er zeigte bloß nicht die erwartete Reaktion. »Das darf doch nicht wahr sein!«, polterte er los.

Für einen Moment war Tina Baumann sprachlos. Dann sagte sie leise: »Ich dachte, du freust dich. Magst du keine Kinder?«

»Doch, ich kann nur keine machen!« Es klang fast albern, wie er es sagte, in seiner trotzigen Wut wirkte er selbst wie ein kleines Kind. Und damit sie auch gar nicht großartig nachzufragen brauchte, fügte er noch zornig hinzu: »Das geht bei mir nicht.«

Sein eigenes Geständnis ging einher mit einer plötzlichen Erkenntnis. In hilfloser Rage packte er seine Freundin an den Schultern und drückte sie gegen die Tür. »Von wem ist es?!«, brüllte er außer sich.

Sie schluckte, bevor sie ihm kaum hörbar gestand: »Das kann dann nur vom Hans sein.«

»Vom Czermak?!« Die Enthüllung schien Stollberg eher abzustoßen, als zu weiteren Handgreiflichkeiten zu veranlassen.

Angewidert ließ er von seiner Freundin ab, die sich beeilte, ihm den Fehltritt zu erklären: »Wie wir den Überfall geprobt haben, da hast du ja gleich wieder weg müssen ... der Hans und ich sind beim Wein hängen geblieben, und dann ist es halt ... wir hatten ziemlich viel getrunken ...«

Markus Stollberg hatte sich inzwischen an das andere Ende des Flurs zurückgezogen und raufte sich dort verzweifelt die Haare. »Ich Idiot komm sogar noch mal zurück, weil der Czermak unfähig war, das mit der Erpressung allein zu regeln. Und du? Du warst mit dem Trottel auch noch im Bett!«

»Es tut mir Leid, Markus.«

Genau in diesem Moment klingelte es an der Tür.

Zu perplex, um sich noch weiter zu entschuldigen, öffnete die junge Frau hinter sich die Tür.

Der Mitverursacher der unschönen Auseinandersetzung stürmte prompt herein. »Gut, dass du noch da bist, wir müssen reden«, sagte Czermak atemlos, während er direkt auf den ruinierten und blamierten Bankinhaber zuging.

Dieser wirkte nur mäßig begeistert. »Gern, du musst mir auch noch ein paar Dinge erklären.«

In Eva Stollbergs Auto, das Kunz vom Rücksitz aus gebieterisch zum Polizeirevier dirigierte, herrschte eine extrem angespannte Atmosphäre.

»Sie haben zwar das Recht, die Aussage zu verweigern, je früher Sie aber die Sache zugeben, desto besser für Sie«, versuchte der Kriminalpolizist dort anzuknüpfen, wo das zähe Gespräch zum wiederholten Male stecken geblieben war – wenn man es überhaupt als Gespräch bezeichnen konnte, denn Kunz monologisierte eigentlich seit einigen Minuten über hohe Haftstrafen und mildernde Umstände bei frühzeitigen Geständnissen.

»Also – ich höre …«, schloss er in überlegenem Tonfall, wippte dabei jedoch ungeduldig mit dem Fuß auf und ab.

»Und ich fahre«, gab Frau Stollberg kaltschnäuzig zurück. »Lenken Sie mich bitte nicht ab.«

»Wie Sie wollen.« Eingeschnappt lehnte Kunz sich auf dem hinteren Sitz zurück. Dann konnte er den Herrschaften auch nicht helfen … Sein gelangweilter Blick streifte Wenninger, der, obwohl von stattlicher Körpergröße, vor Scham auf dem Beifahrersitz zusammengesunken war und mit seinem fülligen Haupthaar kaum über die Nackenlehne ragte.

Mit einer verdächtig langsamen Bewegung ließ der Golftrainer eine Hand in die Innentasche seiner braunen Lederjacke gleiten.

Die unerwartete Regung, die durch den ansonsten eher apathisch wirkenden Mann ging, versetzte Kunz in höchste Alarmbereitschaft. Er schnellte vor und zischte Wenninger, eine Hand an seiner Dienstwaffe, beschwörend zu: »Sie nehmen jetzt schön langsam die Hand aus der Tasche.«

Der Angesprochene kam der Aufforderung artig nach, und mit Wenningers Hand kam ein wenig bedrohlich aussehender Flachmann zum Vorschein. »Keine Angst, ich fahr heut sowieso nicht mehr«, sagte Wenninger sarkastisch zu dem peinlich berührten Kripobeamten und setzte das silbrig funkelnde Gefäß an die Lippen, um sich hastig einen beruhigenden Schluck zu genehmigen.

»Es bleibt dabei, ich will mehr Geld! Der Mord in der Bank war nicht abgemacht!« Czermak stand in Kampfpose, leicht zurückgelehnt und die Arme vor der Brust verschränkt, zwischen Stollberg und Tina Baumann in dem schmalen Flur des Apartments. Eisern hielt er dem Blick des aufgebrachten Bankchefs stand.

»Den Mord hast du dir auch selber eingebrockt, du Vollidiot«, schnappte Stollberg zurück. »Die Huber hat dich erkannt. Wie kann man auch nur so vertrottelt sein und bei einem Banküberfall seine eigene Uhr tragen? Noch dazu so eine auffällige!«

Stollbergs Bemerkung ärgerte den Todesschützen. Vor allem ärgerte ihn, dass Stollberg Recht hatte. »In der Aufregung hab ich halt vergessen, sie herunter zu nehmen.« Für einen Augenblick senkte er den Blick auf den grünlichen Teppich unter ihren Füßen, dessen unregelmäßige Maserung ihn irgendwie nervös machte. Dann hob er abrupt den Kopf. Er beschloss, wieder zum Gegenangriff überzugehen: »Aber von wem war denn dieser geniale Plan, bei dem angeblich nichts schief gehen konnte?«

»Halt's Maul!« Stollberg trat einen bedrohlichen Schritt auf seinen Mitverschwörer zu. »Ohne mich hättest du nie mehr einen vernünftigen Job bekommen. Wir sind mehr als quitt. Außerdem hab ich uns den Jäger vom Hals geschafft!«

»Du hast mich zum Mörder gemacht!« Czermak kam vor Wut kochend auf ihn zu. »Du gibst mir sofort noch einmal fünf Millionen, oder ...«

Seine verbale Drohung wurde jedoch von dem unbeeindruckten Bankchef unterbrochen, denn der hatte eine noch wirkungsvollere dagegenzusetzen: Mit einer einzigen Bewegung schnitt er dem erschrockenen Kassierer das Wort ab, indem er unter dem gelb karierten Hemd, das er locker über der Jeans trug, seinen Revolver hervorzog. Dann führte er Czermaks Halbsatz auf seine eigene Art zu Ende: »... oder ich jag dir eine Kugel in den Kopf. Du Drecksack hast der Tina ein Kind gemacht ...«

Die junge Frau an der Tür, die sich jetzt plötzlich wieder in den Streit hineingezogen sah und dadurch aus ihrer lethargischen Erstarrung gerissen wurde, kreischte hysterisch auf.

»Markus, nicht!« Und mit einem unüberlegten Satz sprang sie an Czermak vorbei auf ihren betrogenen Geliebten zu, als ein Schuss von den Wänden des engen Flurs widerhallte und die drei Personen in einem wilden Handgemenge übereinander taumeln ließ.

Die beiden Kriminalbeamten zuckten zusammen. Der Schuss musste in einer der oberen Etagen gefallen sein.

So schnell die enge Stiege in dem mehrstöckigen Mietshaus es zuließ, stolperten Böck und Brandtner hinter Rex die Stufen hinauf. Sie hatten darauf spekuliert in der Wohnung, an die Stollbergs zahllose Blumenlieferungen adressiert waren, einige Hinweise auf sein Verbleiben zu finden oder sogar den korrupten Bankchef persönlich.

Denn inzwischen hatten sich die Beweise gegen den unseriösen Mann verdichtet: Kunz hatte ihnen auf dem Weg dorthin über Handy mitgeteilt, dass Stollberg sich als Sohn des Besitzers einer Elektrohandelskette gezwungen gesehen hatte, neben der Bankausbildung auch noch seinen Abschluss als Elektroingenieur zu machen. Er musste also technisch einigermaßen versiert sein.

Mittlerweile hatten die gehetzten Polizisten das obere Ende des Treppenhauses erreicht.

»Rufen Sie sofort den Hund zurück, und lassen Sie die Waffen fallen!«, brüllte Stollberg ihnen über das Gebell des zähnefletschenden Tieres hinweg zu. Sein Revolver war auf den Kopf von Tina Baumann gerichtet, die er als menschlichen Schutzschild vor sich her ins Stiegenhaus lotste.

»Rex, komm her!« Der Hund gehorchte aufs Wort und schlich knurrend zu seinem Herrn hinüber, der zusammen mit seinem ratlosen Kollegen auf dem Treppenabsatz stand.

»Los, da rein!«, befahl Stollberg und bugsierte die beiden Polizisten und den Hund mit seiner Waffe in den Wohnungsflur. Sie stolperten vorbei an dem reglosen Körper von Hans Czermak, der stark blutend auf dem grünlich melierten Teppich lag, und weiter durch eine Glastür in ein Zimmer, das der Bankchef flugs von außen zusperrte.

Durch die Glastür hörten sie ihn die erschrockene Sekretärin anfahren und sahen, dass er die unentschlossene Frau roh am Handgelenk packte und nun hinter sich her ins Treppenhaus zog. Schnell leiser werdendes Fußgetrappel aus dem Treppenhaus signalisierte ihnen, dass die beiden sich rasch entfernten.

Brandtner griff nach einer Stehlampe, die in einer Ecke des Raumes stand, hob sie über seinen Kopf und sprengte mit dem massiven Metallfuß krachend und klirrend den Glaseinsatz der Tür. Durch den frei gelegten Türrahmen stürzten sie nacheinander in den Flur.

Im Vorbeilaufen beugte sich Böck zu dem verletzten Czermak hinunter und legte prüfend eine Hand an den Hals des Mannes. Als er das lebenswichtige Pulsieren an der Handfläche spürte, waren Rex und der Kommissar bereits auf dem Weg nach unten. »Er lebt noch«, rief er zu dessen Information in das Stiegenhaus hinab und zog sein Handy aus seinem schwarzen Ledermantel, um den Notarzt zu alarmieren.

Zur gleichen Zeit erwachte unter großen Schmerzen der angeschossene Bankräuber vor seinen Füßen auf dem Boden. »Der Stollberg hat mich da reingeritten«, begann dieser sich sofort mit schwacher Stimme zu rechtfertigen.

»Seine Frau hat von der Geschichte nichts gewusst?«, erkundigte sich Böck vorsichtig bei dieser Gelegenheit.

»Niemand. Nur der Stollberg, die Tina und ich«, stöhnte Czermak.

Na, da würde der Kunz sich aber grämen. Schließlich hatte er vor einigen Minuten aus Eva Stollbergs Auto noch so stolz geschildert, wie er das verdächtige Paar bravourös und in buchstäblich letzter Sekunde an einem äußerst verdächtigen Fluchtversuch gehindert hatte. Den etwas fehlinformierten Kollegen sollte er vielleicht auch gleich mal auf seinem Handy anrufen, bevor dieser mit den falschen Verdächtigen auf dem Revier ankam.

Draußen auf der Straße sah Brandtner sich neben seinem Hund wachsam um. Sein suchender Blick wurde sofort fündig: Völlig aufgelöst kam Tina Baumann seitlich auf ihn zugewankt.

Sie wich den beiden überraschten Augenpaaren verschämt aus. Sie wollte aus dem blutigen Geschäft aussteigen, ehe es ganz zu spät war. Markus, der jetzt allein sein Heil in der Flucht suchte, hatte sie nach einer kurzen Auseinandersetzung tatsächlich gehen lassen. Hätte sie vorher gewusst, dass dabei jemand sterben würde, nie hätte sie sich auf diese Geschichte eingelassen. Wortlos sank sie auf eine Parkbank, die neben dem Hauseingang stand.

»Spätestens jetzt gehe ich davon aus, dass Sie an der Sache beteiligt waren«, sagte Brandtner trocken und kettete ihre willenlosen Handgelenke mit Handschellen an das geschwungene Geländer der Holzbank. »Ist gut, Rex, such!«, wandte er sich daraufhin an den ungeduldig winselnden Schäferhund.

Rex preschte davon, sodass der Kommissar zunächst Schwierigkeiten hatte, mit dem Hund Schritt zu halten. Vor einer mehrspurigen Straße blieb dieser zum ersten Mal stehen: Hoch oben auf einer Fußgängerbrücke überquerte Stollberg im Laufschritt die Straße und steuerte nun auf der anderen Seite zielstrebig auf einen dort geparkten Reisebus zu.

Eine alarmierende Ahnung beschlich Brandtner, als der Mann sich mit seinem Revolver einigen kreischenden Touristen näherte, die neben dem Bus an einer Imbissbude Rast machten: »Er steigt in den Bus!« Jetzt war guter Rat teuer.

Rex hatte bereits die Mitte der Fußgängerbrücke erreicht, als sich der Bus mit halber Besetzung auf Drängen des skrupellosen Bankchefs, genau genommen seines einschüchternden Revolvers, in Bewegung setzte.

Mit angelegten Ohren beobachtete der Schäferhund, wie sich der große Bus schwerfällig der Brücke näherte, auf der er stand. Unschlüssig tapste Rex auf der Stelle, dann sprang er auf das breite Geländer.

Brandtner, der von unten sorgenvoll zu ihm hinaufblickte, hielt den Atem an: Wollte der etwa …?

Er wollte nicht nur, er tat es tatsächlich: Als der Bus die niedrige Brücke passierte, verlagerte Rex sein Gewicht nach vorne und sprang auf das Dach des Fahrzeugs hinunter. Geschickt landete er hinter dem vorderen Schiebedach, um sich dort zu einer kleinen Verschnaufpause niederzulegen.

Sein Herrchen machte ruckartig kehrt und lief zu einem roten Cabriolet, das am Straßenrand geparkt war. Der Fahrer, ein junger Sportsfreund mit schicker Sonnenbrille, war ausgestiegen und fummelte gerade am Heck des Wagens, während seine hübsche rothaarige Freundin auf dem Beifahrersitz gelangweilt auf etwas mehr Action wartete.

Die kam geradewegs auf sie zugelaufen. »Anschnallen oder raus!«, rief Brandtner der Frau in dem eng anliegenden roten Kleid zu, während er seine Polizeimarke für beide sichtbar über dem Kopf schwenkte und zum Entsetzen des Mannes auf der Fahrerseite in den Wagen plumpste.

Sie schnallte sich an.

Brandtner gab Vollgas. Sie unterfuhren die Fußgängerbrücke, auf der ein etwa fünfjähriges Mädchen abrupt stehen blieb und wie gebannt in die Ferne starrte. »Mami, da liegt ein Hund auf dem Bus!«, rief das Kind schließlich begeistert und nestelte aufgeregt an ihren langen, geflochtenen Zöpfen.

»Ja, klar«, erwiderte ihre mit zwei Einkaufstüten bepackte Mutter genervt und ohne aufzublicken. »Kommst du jetzt bitte?!«

Mittlerweile schob sich der Hund auf dem Busdach unter großen Anstrengungen gegen den unbarmherzigen Fahrtwind und gegen die Schiebevorrichtung der Dachluke. Ein kleiner Spalt entstand in dem Dach, und die herrische Stimme des Betrügers, der unversehens auch noch zum Kidnapper geworden war, drang an seine sensiblen Hundeohren.

»Wenn Sie sich ruhig verhalten, geschieht Ihnen nichts!«, wandte sich Stollberg wenig Vertrauen erweckend an die verängstigt zusammengedrängten Businsassen.

Doch selbst Brandtner, der mit der angenehm amüsierten Dame in Rot schon auf Überholkurs gegangen war, konnte erkennen, dass die Schließvorrichtung dem Hund Schwierigkeiten bereitete. Meter für Meter schob sich der rote Flitzer an dem Reisebus vorbei, setzte sich dann unmittelbar vor ihn und begann, rücksichtslos zu bremsen.

Der Bus musste dadurch ebenfalls rapide sein Tempo drosseln, war schließlich sogar zu einer Vollbremsung gezwungen, weil sich das Cabrio nach einer kurzen Phase des Schlingerns nun komplett quer gestellt hatte.

Beide Fahrzeuge kamen, in eine gemeinsame Staubwolke gehüllt, zum Stehen.

»Vielen Dank!«, rief Brandtner der flotten jungen Frau zu und stieg aus dem Wagen.

»Jederzeit!«, lächelte sie kokett hinter ihm her.

Mit gezogener Waffe rannte der Kommissar zu dem Bus hinüber.

»Los, weiterfahren!«, mahnte Stollberg den Busfahrer in Panik ausbrechend, als er den Polizisten auf den Bus zukommen sah.

Da endlich gelang es Rex, mit einem Ruck das Schiebedach zu öffnen. Er überlegte nicht lange, sondern stürzte sich von oben auf den vollkommen überraschten Kidnapper, der unter dem Gewicht des Hundes sofort zu Boden ging und dort ermattet liegen blieb.

Der schweißgebadete Busfahrer öffnete sogleich erleichtert die Tür, damit der junge Herr an der Glasscheibe den lästigen Mann in Gewahrsam nehmen und dem Hund, der diesen im wahrsten Sinne des Wortes platt gemacht hatte, lobend den Kopf tätscheln konnte.

»Kunz? … Hallo, Christian!«, bellte der Kriminalpolizist, der soeben die spontanen Urlaubspläne von Frau Stollberg und ihrem Golftrainer zunichte gemacht hatte, in sein Handy. Er saß immer noch auf dem Rücksitz von Frau Stollbergs Wagen, die gerade an einer roten Ampel kurz vor der Polizeiwache halten musste.

Die offensive gute Laune des Polizisten verwandelte sich schlagartig in passives Gemurmel: »Das gibt's ja nicht …«, er schielte verstohlen zu den beiden vor ihm, »… na gut, da kann man nichts machen.« Er ließ sein Handy in die Innentasche seiner braunen Jacke zurückgleiten und war für einige Sekunden ungewöhnlich schweigsam.

Als die Ampel auf »Grün« umsprang, sagte er ganz unvermittelt: »Fahren Sie bitte rechts ran.«

Die überraschte Fahrerin brachte das Auto am rechten Straßenrand zum Stehen.

»Danke«, sagte ihr Fahrgast auf der Rückbank daraufhin artig und stieg aus, »den Rest gehe ich zu Fuß.«

Rot wurde er erst, als das Auto schon längst weitergefahren war. Jahrelanges Mimiktraining …

5

Hoch oben über Wien sah die Welt ganz anders aus – anders als vom Boden und vermutlich auch noch mal anders als vom Dach eines fahrenden Busses. Kommissar Brandtner lächelte still, während er seinem Schäferhund wohlwollend dabei zusah, wie der mit sich und dieser Welt zufrieden einige Miniwürstchen verspeiste.

Das Riesenrad hielt einen Moment, damit die Insassen des romantisch hergerichteten Waggons einen weitschweifenden Blick über den nächtlichen Prater und die aus vielen hellen Punkten bestehende Stadt drum herum werfen konnten.

»Also ich find das reichlich übertrieben«, sagte Böck und deutete auf das Candlelight-Würstchendinner, das die Kollegen dem tapferen Polizeihund zur Belohnung für seinen selbstlosen Einsatz serviert hatten, und zwar an einem seiner Lieblingssorte.

Kunz fand es okay.

»Und ich finde«, widersprach Brandtner ihrem unromantischen Kollegen feierlich, »der Rex hat sich das redlich verdient«.

»Na ja, so lange du den Spaß bezahlst …«, kam es schulterzuckend von Böck.

»Ich?«, entgegnete der Kommissar, als sei dies ein völlig irriger Gedanke. »Die Rechnung kommt zu den Spesen. Glaubst du, ich habe eine Bank überfallen?«

Christian Böck und Fritz Kunz sahen sich schmunzelnd an.

»Wer weiß?«, sagte letzterer daraufhin süffisant. »Kommt ja in den besten Familien vor.«

Die drei Polizisten lachten und erhoben ihre Sektgläser. In ihrer kleinen Familie mit Hund bestimmt nicht.

Tödlicher Test

1

Fröhlich pfeifend schlenderte Georg um die Ecke des hellen Büroflurs zum Aufzug. Zu seiner Linken erstreckte sich eine hohe Fensterfront, die ein beeindruckendes Wienpanorama zum Besten gab, vor allem heute, wo die Sonne es wirklich gut mit der Stadt meinte.

Erst als er seine Augen von dem herrlichen Ausblick gelöst und auf den Aufzug gerichtet hatte, bemerkte er, dass die gläserne Lifttür offen stand. Nach einem kurzen Spurt erreichte der Fahrradkurier die transparente Tür, die schon begonnen hatte, sich sanft gleitend zu schließen. Er berührte mit der Hand die unsichtbare Lichtschranke, woraufhin die Tür wieder aufsprang, und hechtete erleichtert hinein. Schließlich kam der Lift so oft auch nicht am zwanzigsten Stockwerk vorbei.

Eine junge Frau im schlichten grauen Kostüm blickte überrascht auf, als er hineintrat, widmete sich dann mit ihrem Jacketärmel jedoch wieder dem eitlen Polieren ihres Notebooks. Der flache, tragbare Computer schien zu ihrer Grundausstattung zu gehören wie ein Tages-Make-up.

Der Fahrradkurier nickte ihr zum Gruß kurz zu und hoffte, sie mit seinem Hechtsprung nicht erschreckt zu haben. Während die Büroetagen entlang der Längsverstrebungen des gläsernen Aufzugs sichtbar vorüberflogen, überlegte er, welche Route er zu seinem nächsten Liefertermin zu fahren hatte.

Im Erdgeschoss stieg er aus. Bei diesem grandiosen Wetter machte ihm der Job besonders Spaß, bei Regen weniger, aber ein echter Fahrradkurier kannte keine Wetterdepressionen.

Hinter ihm schloss sich der Lift, um seine Fahrt ins Untergeschoss fortzusetzen. Dort wartete bereits ein verliebtes Pärchen, das sich bedauernd aus einer Umarmung löste, als sich die Aufzugtür vor ihnen öffnete. In neckendem Gerangel drängelten sie die wie von Geisterhand gleitende Scheibe zur Seite, um jeder vor dem anderen im Aufzug zu sein – und machten im gleichen Moment einen gewaltigen Satz zurück.

Vor ihnen im Aufzug lag ein Notebook, dessen bläulich schimmernde Oberfläche an den Rändern mit Blut beschmiert war, und dahinter, in einer Lache von Blut und mit dem Rücken an die Wand gelehnt, saß eine junge Frau. Sie war tot. Der eingefrorene Blick aus ihren erschrocken aufgerissenen Augen zeigte den gleichen Ausdruck wie die Gesichter der beiden unfreiwilligen Zeugen, die sie entdeckt hatten. Das hysterische Kreischen des Mädchens hallte unheilvoll von den Kellerwänden wider und setzte damit den überraschten Aufschrei der Frau fort, den Minuten zuvor in der Einsamkeit der isolierten Aufzugkabine niemand gehört hatte.

Ein neues Tischfußballspiel weckte den Spieltrieb der gesamten kriminalistischen Besetzung von Brandtners Büro.

Eigentlich sollte es zu Kunz nach Hause geliefert werden, doch der Verkäufer hatte den Tisch mit den waagerecht aufgereihten Spielfiguren irrtümlich ins Kriminaldezernat geschickt. Dieser Irrtum freute die Kollegencrew, Christian Böck, Kommissar Alex Brandtner und ihren Polizeihund Rex, nicht wenig.

Letzterer hatte den Griff, der den Tormann der roten Mannschaft bewegte, ins Maul genommen und beäugte nun knapp über dem Spielfeldrand den Weg des kleinen weißen Balls, der gerade vom blauen Team – das waren Kunz und Böck – auf sein Tor zugekickt wurde. Durch ein schnelles Drehen des Griffs gelang es ihm, ihren Angriff zu vereiteln.

»Gut abgewehrt, Rex!«, lobte Brandtner, sein Herrchen und im Moment auch Teamkamerad, und nahm mit seinen Stürmern den Ball entgegen, um ihn mit Zunder im gegnerischen Tor zu versenken. »Eins zu null für uns«, kommentierte Brandtner mit einem überlegenen Grinsen, während sein Spielpartner mit seiner langen Hundeschnauze die gesamte Reihe von roten Steinen auf die andere Seite schob, die ihren Torstand dokumentieren sollten.

»Einer, nicht alle!«, beschwerte sich Böck, der den pfuschenden Hund genau beobachtet hatte. Dann sah er seinen eigenen Mitspieler streng von der Seite an. »Du bist viel zu langsam.«

»Und du schläfst vorn im Angriff«, konterte Fritz Kunz beleidigt.

»Ihr habt Anstoß«, erinnerte der Kommissar seine beiden haushoch verlierenden Kollegen.

Angespornt durch die drohende Niederlage angelte Kunz den Ball aus dem Tor und ließ ihn auf die Mitte des Spielfelds plumpsen. Nach unkoordiniertem Hin- und Herschießen an der Mittellinie gelangte der Ball in die Nähe von Rex' Tor.

»Pass auf, Rex!« Der sportliche Schäferhund beherzigte die Warnung seines Herrchens aufs Wort und zog kräftig an der Stange mit dem Torwart.

Auf Rex' prompte und engagierte Reaktion war die träge Spielfigur jedoch nicht eingestellt. Der Torwart streckte in bester Absicht die Beine nach dem Ball aus, doch dann riss es ihn seitwärts gegen die Wand, während die Stange krachend aus ihrer Verankerung sprang.

»Das hält aber nicht viel aus!«, stellte Böck mit einem vorsichtigen Seitenblick auf den Besitzer des Fußballspieltischs fest, der sich neben ihm sprachlos über das Spielfeld beugte, um zu sehen, ob noch etwas zu retten war.

Der rote Torwart lag bewusstlos am Spielfeldrand. Seine Beckenstütze, die silberne Stange, hing daneben bis auf den Boden hinab.

»Du kannst nichts dafür«, sagte Brandtner zu seinem Hund, der versuchte, den Griff auf seiner Nase in die Waagerechte zu balancieren, und dabei immer wieder mit schlechtem Gewissen zu Kunz hochschielte, »im Gegenteil, das nenn ich mit vollem Einsatz spielen.« Und vielleicht konnte man ja, so kurz vor dem sicheren Sieg des roten Teams, die Stange irgendwie ...

Das Telefon klingelte schrill. Wie immer, wenn es am spannendsten war, wurde es auch woanders spannend.

Ein dringender Einsatz erinnerte sie an ihre beruflichen Pflichten. Es ging um Mord: Im Aufzug eines Bürogebäudes hatte man eine Frau tot aufgefunden.

Der in luftige Höhen hochgezogene Bürokomplex glich einer kleinen Stadt mit Geschäften, Gastronomie und jeder Menge Arbeitsplätze.

Als sich Brandtner von der Treppe her zwischen den nackten weißen Kellerwänden dem beweglichen Tatort, das heißt dem Lift, näherte, blickte ihm Dr. Graf, der erfahrene Kollege aus der gerichtsmedizinischen Abteilung, über den Rand seiner Brille bereits entgegen. Er trug seinen gewohnt sachlichen Ausdruck auf dem Gesicht. »Der Täter oder auch die Täterin dürfte mit dem Notebook zugeschlagen haben«, informierte er den Kriminalkommissar, nachdem dieser sich zu ihm und der von einer schwarzen Plastikplane bedeckten Leiche vor dem Aufzug gesellt hatte. »So wie es aussieht, ziemlich wuchtig. Ich habe mehrere schwere Risswunden am Hinterkopf der Frau festgestellt.«

Während er Dr. Grafs Erklärungen lauschte, hatte Brandtner einen kurzen Blick auf die Leiche geworfen. »Danke, Leo«, sagte er jetzt und ließ die Plane an ihren ursprünglichen Platz zurückgleiten.

Leo Graf streifte seine Gummihandschuhe von den Händen und verabschiedete sich mit einer freundschaftlichen Verbeugung. Alte Wiener Schule …, dachte Brandtner amüsiert. Immerhin hatte der Gerichtsmediziner mit dem trockenen Humor und den strengen Mundwinkeln ihnen vor einiger Zeit das vertraulichere »Du« angeboten.

Böck hatte inzwischen einige Informationen über das Opfer eingeholt: »Die Frau hat für eine Fluglinie gearbeitet. Sie war die Chefin der PR-Abteilung. Das Büro befindet sich im zwanzigsten Stock.«

»Gibt es Augenzeugen?«, erkundigte sich der Kommissar.

»Der Lift ist zwar aus Glas, aber es hat niemand was gesehen.«

Das war allerdings erstaunlich in einem solchen Ameisenhaufen wie diesem Bürohochhaus. »Wenn der Kollege mit der Aufnahme der Personalien fertig ist, kann das Pärchen nach Hause gehen«, sagte der Kommissar mit einem Blick auf die beiden jungen Liebenden, die einem protokollierenden Polizisten etwas abseits gequält Rede und Antwort standen und sehr mitgenommen aussahen. Dann wandte er sich an den wartenden Schäferhund zu seinen Füßen: »Und wir beide sehen uns im Büro um.«

»Georg?«

Die blonde junge Frau am Schreibtisch drehte sich zur Tür ihres Arbeitszimmers, weil sie aus dem Flur ein Geräusch gehört hatte. Als sie keine Antwort erhielt, stand sie auf und ging in den Korridor, der so schmal war, dass so eben die Garderobe, ein weißer Schuhschrank und maximal zwei Personen darin Platz hatten. Diese beiden Personen trafen gerade aufeinander.

»Wieso bist du schon da?«, wandte sich die junge Frau fragend an den komplett ausgerüsteten Fahrradkurier, der eben seinen Drahtesel in ein angrenzendes Zimmer schob. Ohne sich umzublicken, nahm er seinen Rucksack von den Schultern. Sie hatte den Eindruck, dass er sie noch gar nicht bemerkt hatte, obwohl sie direkt hinter ihm stand. Sie wiederholte ihre Frage, während sie die Ärmel ihres dunkelblauen ausgeleierten Pullis noch länger zog.

Ruckartig hob er den behelmten Kopf. Oh, da war ja Sabine! »Ich habe mit einem Kollegen getauscht«, erwiderte er ein wenig müde und wandte sich wieder seinem Fahrrad zu.

»Fein, dann können wir ja noch etwas unternehmen!«

Anstatt auf den Vorschlag seiner Freundin einzugehen, schlurfte Georg mit seinem Rucksack wie ein Schlafwandler ins Wohnzimmer. Er stakste durch den Raum, als würde ihn jemand an einer Schnur hinter sich herziehen. Den ganzen Tag auf zwei Rädern, das beeinflusste bestimmt seinen Gleichgewichtssinn. Sabine lächelte belustigt. Willkommen zurück auf dem Boden!

Ihr Freund ließ sich seufzend auf das bunte Sofa fallen. Irgendwie hatte er heute so komische Tagträume, die seine Konzentrationsfähigkeit zeitweise ganz schön lahm legten.

Sabine, die aufgekratzt hinter ihm her gestiefelt war, wurde mit ihrem bisher wenig beachteten Vorschlag ein wenig konkreter: »Wollen wir zum Japaner essen gehen?«

»Damit du wieder angeben kannst mit deinen Sprachkenntnissen. Sayonara, Sushi, Mori …«, neckte er sie. Er fühlte sich allmählich etwas wacher. Seine Finger spielten gedankenverloren an einer zylinderförmigen weißen Lampe mit schwarzen asiatischen Schriftzeichen, die hinter ihm auf dem hellen Holzregal stand. Er wachte auf, obwohl er gar nicht schlief. Georg schüttelte über diese kuriose Tatsache verwundert den Kopf, was seine Freundin irrtümlich auf sich und ihre Japanisch-Kenntnisse bezog.

»Du Blödmann.« Leise lächelnd kroch sie ihm auf dem weißen Sofa mit den schwarz umrandeten roten Punkten entgegen. »Ich will nur nicht aus der Übung kommen.«

»Gib mir zehn Minuten«, sagte Georg und küsste ihren Mund, den sie ihm zärtlich entgegenreckte. »Ich dusche mich, und dann gehen wir Stäbchenessen.«

»Wie sieht es geldmäßig aus?«

Er konnte sie mit großzügigen Worten beruhigen: »Für zwei Schalen Reis und grünen Tee reicht's noch.«

Seine Freundin hatte noch einen Vorschlag: »Soll ich mitduschen?« Dem Angebot folgte ein verführerischer Augenaufschlag. Sie jedenfalls ist kein Tagtraum, dachte er froh.

Dr. Graf hatte der vierköpfigen Besatzung vom Kriminaldezernat die Ergebnisse der Obduktion vorgelegt: Die junge Managerin war tatsächlich erschlagen worden; Schläfenbeinbruch, Fraktur des Schädeldachs, der Täter hatte auf jeden Fall ordentlich zugelangt. Der Wucht der Schläge nach zu urteilen, musste er ziemlich unkontrolliert und aus einer extrem aggressiven Stimmung heraus gehandelt haben. Der Kraftaufwand, der für die Schläge nötig gewesen war, ließ außerdem auf einen männlichen Täter schließen. Und als Tatwerkzeug kam nur das Notebook in Frage, das nicht nur Spuren am Kopf der Frau hinterlassen hatte, sondern auch umgekehrt.

»Das Notebook hat dem Opfer gehört«, informierte Kunz seine beiden Kollegen, als sie zusammen im Büro eine erste Lagebesprechung vornahmen. »Laut Kollegin hat sie es überallhin mitgenommen.«

»Nur hat sie leider niemand damit in den Lift steigen sehen.« Böck seufzte. Ein Zeuge würde ihren Ermittlungen wirklich weiterhelfen.

»Hat die Spurensicherung fremde Fingerabdrücke auf dem

Notebook gefunden?«, fragte Kunz den Kommissar hoffnungsvoll.

»Ja, sogar sehr deutliche«, erwiderte dieser und stand auf, um sich einen Kaffee zu holen. Doch auch die Fingerabdrücke nützten ihnen im Augenblick wenig: »Leider sind sie nicht registriert.«

»Ich habe mich mit der Schwester der Managerin unterhalten«, fuhr Böck nun mit seinen Befragungsergebnissen fort. »Sie hat nur einen kleinen Bekanntenkreis gehabt und war äußerst beliebt. Und sie war seit einem Jahr Single.«

Der Kommissar kehrte mit seinem Kaffee und einem großen Plan, der die Ausstattung des Bürohochhauses nachempfand, an seinen Schreibtisch zurück. »Über 200 Büros, mehrere Geschäfte, außerdem ein Café und ein Restaurant«, fasste er die komplizierte Anlage in wenigen Worten zusammen und legte den Plan daraufhin unmotiviert zur Seite, um sich seinem dampfenden Heißgetränk zu widmen. »Das kann Tage dauern, bis wir alle dort arbeitenden Personen befragt haben.«

Keine Zeugen, keine Verdächtigen, kein Motiv – das konnte ja ein heiterer Fall werden.

2

Hell erleuchtet gegen die dunkle Wiener Nacht machte das moderne Kinocenter auch um diese Zeit einen sehr geschäftigen Eindruck.

Die Abendvorstellung im kleinen Saal war gerade beendet, und die Kinobesucher strömten aus dem überschaubaren Raum zur Rolltreppe, die sie wahlweise noch auf einen Schlaftrunk in das Parterrecafé oder zum Ausgang des Kinocenters beförderte.

Nur einer schloss sich dem Menschenstrom nicht an. Moritz Brauneis war in seinem gemütlichen Kinosessel eingeschlafen.

»He, hallo! Aufstehen!«, rief ihm ein Billeteur mit leuchtend roter Weste unfreundlich zu, der soeben mit einem großen blauen Müllsack den Saal betreten hatte.

Der Abspann war längst beendet, die Kinoleinwand dunkel, als hätten sich dort nie irgendwelche dramatischen Momente abgespielt.

»Was ist denn?«, murmelte der Mathematikstudent schläfrig und richtete sich faul in seinem Sitz auf. Er konnte kaum fassen, dass dieser unglaublich langweilige Film endlich vorüber war.

»Ende der Vorstellung. Würden Sie bitte den Saal verlassen?« Der junge Mann mit dem Müllsack bückte sich, um einige ringsherum auf dem Boden verstreute Popcorntüten und Getränkedosen einzusammeln.

Anstatt »bitte den Saal zu verlassen«, wie ihm der verstimmte Mitarbeiter nahe legte, reckte und streckte Moritz sich erst einmal ausführlich, beide Arme herausfordernd über den Kopf gehoben, und teilte dem Mann in der roten Weste, den das herzlich wenig interessierte, gähnend mit: »Ich habe so gut geschlafen.«

Dessen Geduld war jetzt allmählich am Ende angelangt. »Beeilen Sie sich, ich will nach Hause«, fuhr er den Studenten unbeherrscht an.

Endlich erhob sich Moritz aus dem bequemen roten Samtsitz, griff nach seiner leeren Fruchtsaftdose und schlenderte mit dem Alubehälter gemächlich durch die Sitzreihe in Richtung Ausgang. Als er an dem mürrischen Angestellten vorbeikam, der einige Reihen über ihm lustlos den Abfall unter den Sitzen einsammelte, ließ er demonstrativ die Dose fallen.

Der arbeitende junge Mann ging sofort auf die bewusste Provokation ein. »Muss das denn sein?«, rief er aufgebracht.

»Da liegt doch eh schon so viel herum«, sagte Moritz dreist, »da kommt es auf die Dose auch nicht mehr an.«

Der Billeteur ließ den Müllsack neben sich auf den verschmutzten Teppich gleiten und funkelte den unangenehmen Kinobesucher herausfordernd an: »Werfen Sie zu Hause den Abfall auch auf den Boden?«

»Leck mich doch am Arsch!« Der Billeteur zuckte vor Moritz' brutalem Gesichtsausdruck zusammen, als dieser sich zu ihm umdrehte. Da blieb Moritz' wild umherstreunender Blick an dem Feuerlöscher hängen, der hinter dem unverschämten Bengel signalrot an der Wand prangte.

Im Café des modernen Kinocenters herrschte zur gleichen Zeit reger Betrieb. Mehrere Kinosäle hatten ihre Filmvorführungen gerade beendet, und die Tische neben der Rolltreppe waren fast alle besetzt.

Einen Platz in der ersten Reihe hatten zwei Jugendliche, ein

Mädchen mit langen blonden Haaren und ihr verliebter Schulfreund, die direkt unter der Balustrade saßen. Von dort aus konnten sie alle anderen Tische sowie die Besucher, die die Rolltreppe hinauf- oder hinabfuhren, hervorragend beobachten.

Da brachte die Kellnerin dem Mädchen das Vanilleeis, das ihr Freund ihr von seinem Taschengeld spendiert hatte.

Erfreut machte sich die junge Dame über den Becher mit den drei cremig-weißen Kugeln her. Löffel für Löffel schob sie sich genüsslich das Eis in den Mund. Einen Löffel für sie selbst, einen Löffel für Brad Pitt und …, sie grinste ihren Schulfreund an, einen Löffel für den …

Plötzlich fiel aus heiterem Himmel ein Tropfen auf das Eis und färbte eine der Kugeln im Handumdrehen erdbeerrot. Wo kam denn der auf einmal her?

Die beiden Teenager sahen sich verwirrt an.

Schon platschte ein weiterer Tropfen mitten in das Dessert.

Langsam hob das Mädchen den Kopf, höher und höher, bis sie ihn ganz in den Nacken gelegt hatte. Dann gab sie einen lauten Schrei von sich.

Einige Meter über ihren Köpfen, auf der Brüstung vom ersten Stock, lehnte ein blutüberströmter junger Mann. Er hatte den Kopf auf einen Arm gelegt, an dem in langen blutigen Bahnen die rote Flüssigkeit, Tropfen für Tropfen, in die Tiefe rann.

»Er ist vermutlich im kleinen Saal mit dem Feuerlöscher niedergeschlagen worden und hat sich bis oben zur Rolltreppe schleppen können.« Diesen Teil des Mordes konnte Dr. Graf problemlos rekonstruieren. Schwieriger wurde es mit der Vorgeschichte.

»Zuerst ein Notebook, jetzt ein Feuerlöscher«, überlegte

Kommissar Brandtner laut, der neben dem Gerichtsmediziner vor der zugedeckten Leiche stand. »Glaubst du, dass wir es mit ein und demselben Täter zu tun haben?«

Dr. Graf streifte sich nachdenklich die Gummihandschuhe von den Händen. »Schon möglich. Es gibt Parallelen zum Mord im Lift. Wieder hat der Täter mit voller Wucht zugeschlagen.«

»Und wieder hat er nach dem nächstbesten verfügbaren Gegenstand gegriffen«, nickte Brandtner.

In diesem Moment kam ihnen Kollege Christian Böck von der Rolltreppe entgegen. Er hatte einen weiteren Anhaltspunkt beizusteuern, nämlich dass es infolge der Zeugenbefragung gar keine weiteren Anhaltspunkte gab, nicht einmal Zeugen im eigentlichen Sinn: »Die Kids und die Kellnerin haben weder was gesehen noch gehört.«

»Wahrscheinlich ist der Täter durch einen der Notausgänge geflüchtet.« Brandtner winkte Dr. Graf seufzend zu, der mit seinen Gummihandschuhen in den wohlverdienten Feierabend eilte.

Sie beschlossen, den Tatort einmal genauer unter die Lupe zu nehmen.

Gleich neben der Eingangstür in den kleinen Kinosaal lag der Feuerlöscher, ein blutverschmiertes erstes Beweisstück, das der Kommissar seinem Spürhund zum Beschnuppern unter sein sensibles Geruchsorgan hielt.

Mit dem Geruch des Täters in der Nase preschte Rex sofort los. Die Spur führte ihn in den Saal und durch die Abfallreste am Boden die Stufen des Seitengangs hinab bis zu einer bläulich-silbernen Dose. Er bellte auffordernd. Als sein Herrchen die Dose ins Visier nahm, war der Schäferhund bereits weitergetrabt, in eine der Sitzreihen hinein. Schließlich blieb er vor einem der rot überzogenen Stoffsitze stehen.

»Danke, Rex«, rief Brandtner seinem Hund zu und fuhr dann

an seinen Kollegen gewandt fort: »Die Spurensicherung soll sich den Platz ganz genau anschauen.«

»Jetzt wissen wir, wo er gesessen ist«, stellte dieser hoffnungsvoll fest, als sie sich im Schlepptau des witternden Hundes in Richtung des Notausgangs bewegten. »Ich werde gleich morgen früh das Kassenpersonal befragen.«

»Die werden sich kaum erinnern, wer die Karte gekauft hat. In dem Center gibt es ein Dutzend Säle«, gab Brandtner zu bedenken.

»Vielleicht hat er die Karte telefonisch reservieren lassen.«

»Du bist ein Optimist, Christian.«

Der Angesprochene schmunzelte – und konterte: »Sonst wäre ich ja nicht dein Partner.«

Der nächste Tag, der schon am Morgen viel Sonne versprach, konnte zunächst auch kein Licht ins Dunkel der polizeilichen Recherchen bringen. Böck hatte ohne Erfolg das gesamte Kinokassenpersonal interviewt, doch niemand konnte sich entsinnen, wie die Person aussah, die »Reihe 5, Platz 2« im kleinen Saal gekauft hatte.

Zudem waren der Laboruntersuchung zufolge die Fingerabdrücke auf Feuerlöscher und Notebook nicht identisch. »Wir haben es also mit zwei Tätern zu tun. Und auch der zweite Täter ist nicht registriert«, setzte Brandtner die beiden betreten dreinschauenden Kollegen aus seinem Büro ins Bild.

Böck brachte die Situation auf den Punkt: »Das ist wirklich beschissen.«

Da ihnen aufgrund dessen nichts anderes übrig blieb, als von den bisherigen Ermittlungsergebnissen auszugehen, fasste der Kommissar diese noch einmal schlecht gelaunt zusammen: »Konzentrieren wir uns zunächst auf den zweiten Täter: Er hat vermutlich eine Dose mit Fruchtsaft in den Kinosaal mitgenommen, hat den Fruchtsaft aber nicht im Kino gekauft, denn die führen diese Marke dort nicht. Und wir wissen, dass er mit der U-Bahn vom Kinocenter weggefahren ist. Der Rex hat die Spur bis zur Station hin verfolgt.«

»Und wir wissen, wo er im Saal gesessen ist«, fügte Böck ein seiner Meinung nach nicht unwichtiges Detail hinzu.

Konforme Ratlosigkeit auf den drei Gesichtern. Für eine Täterbeschreibung war das noch recht dürftig.

Laute Musik schreckte Moritz von seinen Büchern auf. Sein Gehirn, das die abstrakten Formeln ohnehin schon nur widerwillig aufnahm, verweigerte die Lernerei vollends, als Kim nebenan ihr Punk-Gejohle bis zum Anschlag aufdrehte.

Er raufte sich die lockigen braunen Haare. Dann schlug er energisch die beiden Bücher zu und stand auf. Mit zwei langen Schritten war er an der Tür. Er riss sie auf und trat wütend auf die überdachte Galerie hinaus. Mit zwei weiteren Schritten erreichte er die Tür des Nebenapartments, an der er mehrmals heftig klopfte.

Sofort verstummte die temporeiche Musik. Dann ging die Tür auf, und vor ihm stand ein blondes Mädchen mit geflochtenen Zöpfen, deren blaue Augen ihn ein wenig erschrocken anschauten. »Entschuldige«, sagte sie leicht beschämt. »Ich habe angenommen, dass du in einer Vorlesung bist. Ich stell die Anlage schon leiser.«

Immer noch leicht muffig trat er ein.

»Willst du ein Stück Schokolade?«, fragte sie versöhnlich und hüpfte zu ihrem Schreibtisch, wo eine Tafel des kalorienhaltigen Energiespenders zwischen ihren eigenen Uni-Büchern lag.

Wortlos nahm er die Schokolade entgegen.

»Wann hast du die Prüfung?«, erkundigte sich Kim daraufhin interessiert und schwang sich wie eine Ballerina auf ihren

Schreibtisch. Ihr gesamtes Zimmer erinnerte an eine Puppenstube: Überall standen und lagen niedliche Sachen herum, Stofftiere, Schmuckkästchen, geringelte Pullis zwischen handbemalten Möbeln und Plastikblumen. Sie liebte den bunten Kitsch.

»Morgen.« Er kaute mechanisch auf dem Schokoladenstückchen herum.

»Bist du schon nervös?«

»Nein, diesmal überhaupt nicht.«

»Du schaffst die Prüfung, da bin ich mir sicher. Und dann gehen wir feiern«, schlug das temperamentvolle Mädchen begeistert vor.

Moritz starrte monoton kauend an ihr vorbei in die Leere. Schließlich hob er den Kopf und sah sie aus matten Augen seltsam weggetreten an: »Überredet.«

3

Die blonde Frau auf der Notarztbahre war kaum ansprechbar. Aber diesmal gab es einen zur Aussage fähigen Zeugen – zwar keinen Augenzeugen, aber immerhin einen Ohrenzeugen.

»Der Herr hat die Polizei verständigt«, wurde Brandtner der engagierte ältere Mann von Kollege Kunz vorgestellt.

»Was haben Sie gesehen?«, wollte Brandtner wissen.

»Gesehen habe ich weniger. Ich bin ja dort drüben gestanden«, ereiferte sich der Mann und hakte sich bei dem Kommissar unter, um mit ihm einige Schritte in Richtung seines Standorts zum Tatzeitpunkt zu gehen. »Der LKW hat mir die Sicht versperrt. Aber gehört habe ich einiges.«

»Was haben Sie denn gehört?«, korrigierte Brandtner seine Frage.

Sie blieben untergehakt stehen, und der ältere Herr setzte zunächst einen extrem wichtigen Gesichtsausdruck auf, bevor er detailliert zu berichten begann: »Eine Frau, die mit einem Mann gestritten hat. Sie hat ihn angeschrien, warum er wie ein Idiot mit dem Rad auf dem Gehsteig herumrast.«

»Und dann?« Brandtner musste wieder ein paar Schritte mitgehen, weil sich der Herr erneut in Bewegung gesetzt hatte, diesmal in Richtung des Unfallorts.

»Dann hat der Mann gemeint: Regen Sie sich doch nicht so auf. Es ist ja gar nichts passiert. Aber die Frau hat sich nicht beruhigt, hat ihn weiter angeschrien. Und dann war es plötzlich still.« Er machte eine spannungserhöhende, rhetorische Pause. »Da bin ich neugierig geworden und hinübergegangen«, er zeigte auf eine blutbespritzte Stelle auf dem Asphalt, »und da ist sie gelegen und hat sich nicht gerührt. Einen ganz blutigen Kopf hat sie gehabt. Und der Radfahrer muss in die Richtung gefahren sein.« Jetzt nickte er mit dem Kopf die wenig befahrene Straße hinunter, wo Böck gerade auf sie zukam.

Dankend löste sich Brandtner aus der Umklammerung des Mannes und wandte sich an seinen Kollegen: »Wie geht es der Frau?«

»Sie hat mehrere leichte Kopfwunden und einen schweren Schock.«

Schlimm genug. Wenigstens handelte es sich diesmal nicht um Mord.

Die Fußgänger drängten sich rechts und links an dem jungen Mann in der blauen Fahrradkurierkluft vorbei, der, obwohl die Ampel gerade auf »Grün« umgesprungen war, wie angewurzelt dastand und auf sein u-förmiges Fahrradschloss starrte. Es war an der verdickten Seitenkante mit Blut beschmiert.

Das darf doch nicht wahr sein!, dachte Georg perplex. Er griff mit einer Hand nach dem Schloss, das an seinem Lenker baumelte, und entdeckte plötzlich auch an seiner rechten Hand Blutspuren. Wo kam bloß auf einmal das ganze Blut her?

Die Ampel war wieder auf »Rot« umgesprungen, und eine ältere Frau blieb mit ihrer schweren Einkaufstasche neben ihm stehen. Nachdem sie gelangweilt die Tasche auf dem Bürgersteig abgesetzt hatte, begann sie, auf der Suche nach Unterhaltung, interessiert den Fahrradkurier zu mustern: erst seinen blauen Helm, dann das besudelte Fahrradschloss, dann die blutige Hand. Mit einem Mal wurde die Einkaufstasche neben ihm hochgerissen, und fix eilte die durch seinen beunruhigenden Anblick verschreckte alte Dame über die Grünphase.

Er hatte gedacht, er wurde langsam närrisch. Erst letzte

Nacht war er schweißgebadet neben seiner Freundin aufgewacht. Nach seinen merkwürdigen Visionen bei Tag von einem blutbespritzten Aufzug hatte er sich in der darauf folgenden Nacht eine ganze Mordsequenz zusammengeträumt.

Wieder sah er auf seine blutige – oder bloß blutende? – Hand hinab. Er konnte sich nicht einmal erinnern, sich irgendwo verletzt zu haben. Entweder hatte er irgendwelche mentalen Aussetzer, oder er wurde gerade Opfer eines übersinnlichen Phänomens. Vielleicht war er stigmatisiert. Er wühlte in seinen Handflächen, konnte jedoch keinerlei Wunde finden. Wäre auch zu absurd gewesen … Fast musste er über sich selber lachen, aber es gelang ihm nicht. Denn eine vernünftige Erklärung hatte er deswegen immer noch nicht gefunden.

»Ich danke Ihnen für Ihre Unterstützung«, sagte Kommissar Brandtner zu den Filmfans aller Altersstufen, die auf einzelne rote Kinosessel verstreut saßen. Brandtner verdankte ihre Anwesenheit einer Radiodurchsage, die die Kinobesucher der folgenreichen Abendvorstellung aufgefordert hatte, sich umgehend bei der Polizei zu melden.

»Falls Ihnen noch etwas einfällt, rufen Sie mich bitte an. Ich bin für jeden Hinweis dankbar.« Brandtner nickte den Kinogängern zum Abschied zu, die jetzt schweigend nacheinander den kleinen Saal verließen.

»Und?«, erkundigte sich Böck bei Brandtner, nachdem sich der Polizist an der hinausströmenden Menge vorbei in den Saal geschoben hatte.

Viel war es nicht, was Brandtner auf diese Frage einfiel: »Definitiv wissen wir, dass auf dem bewussten Platz ein Mann gesessen hat. Und beim Alter sind sich die meisten einig. Der Mann dürfte zwischen zwanzig und dreißig Jahre alt sein. Und er dürfte ein Handy besitzen. Laut Aussage einer Besucherin hat es einmal gepiepst.«

»Wahrscheinlich hat er eine SMS erhalten«, vermutete Böck.

»Das glaubt die Besucherin auch.« Bloß half ihnen das nicht weiter.

Als Sabine die Wohnung betrat, hörte sie aus dem Bad das heftige Rauschen eines weit aufgedrehten Wasserhahns und dazu merkwürdige Schrubbgeräusche.

Putzte Georg etwa schon wieder sein Fahrrad? Diese Fahrradkuriere …, dachte sie amüsiert. Die waren mit ihrem Rad so sehr in Freundschaft verbunden, dass sie ihr treu dienendes Gefährt doch am liebsten noch mit ins Bett nahmen.

Sie warf einen neugierigen Blick ins Bad und stellte fest: Es war nur das Fahrradschloss, das ihr Freund unter dem Wasserstrahl wild mit einer Bürste bearbeitete. Trotzdem … »Das ist ja voller Blut«, sagte sie verwundert und lehnte sich gegen den Türrahmen.

Georg hielt den Blick starr auf den beschmierten Gegenstand geheftet. Schweiß klebte ihm die Haare an der Stirn fest. »Ich bin … ich habe einen kleinen Unfall gehabt.«

»Bist du verletzt?«, fragte Sabine erschrocken.

»Nein, mach dir keine Sorgen.« Ihr fragender Blick verlangte dennoch nach einer Erklärung, also fantasierte er eine: »Ich bin mit einem Radfahrer zusammengestoßen. Mir ist zum Glück nichts passiert.«

»Und der andere?«

»Den hat's am Knie erwischt.«

»Schlimm?«

»Nein. Er hat wahrscheinlich nur einen blauen Fleck.«

Sie hielt betroffen inne. Warum ließ sich Georg denn alles aus der Nase ziehen und erzählte ihr eine Geschichte, die so zusammengeflickt wirkte wie ein reparierter Fahrradschlauch. »Hast du den Unfall gemeldet?«

»Der andere wollte nicht.« Erst jetzt sah Georg von seinem beinahe aussichtslosen Versuch auf, Schloss und Hände von dem fremden Blut reinzuwaschen. »Mir ist ja nichts passiert«, fügte er nicht sehr glücklich hinzu.

Das Tischfußballspiel stand funktionsuntüchtig neben Fritz Kunz' Schreibtisch. Wohlwollend versuchte Rex, den kleinen Ball mit den verbliebenen Spielern über das Feld zu kicken, indem er von einer Querstange zur nächsten tapste und mit den Zähnen an den Griffen drehte. Doch selbst gegen einen lädierten Gegner machte allein zu spielen nicht sehr viel Spaß.

»Wir sind keinen Millimeter weitergekommen«, seufzte Böck, während Rex vergeblich versuchte, den Ball vorwärts zu spielen, der unter einer der Figuren hängen geblieben war.

»Gehen wir die Fakten noch einmal durch«, schlug Brandtner vor, wobei er die Worte »noch einmal« genervt in die Länge zog. »Es gibt – so wie es jetzt aussieht – in keinem der drei Fälle eine Opfer-Täter-Beziehung.« Vielleicht gab es eine innere Beziehung der Motive, aber eine äußere, irgendeine Bekannt- oder Verwandtschaft, war nicht sehr wahrscheinlich.

Sein Kollege benannte die Konsequenz: »Also können wir persönliche Motive ausschließen.«

»Und so, wie die Täter vorgegangen sind, haben sie die Tat nicht geplant.«

»Und in allen drei Fällen sind sie äußerst brutal vorgegangen.«

Die beiden Herren sahen sich gegenseitig fragend an.

Da fiel dem Kommissar noch etwas ein: »Erkundige dich bei den Kollegen vom Suchtgift. Frag sie, ob eine unverschnittene Droge auf dem Markt ist.«

»Du glaubst, dass sie die Menschen im Drogenrausch attackieren?« Böck warf ihm einen zweifelnden Blick zu, während er schwerfällig die müden Füße auf seinen Tisch schwang.

»Möglicherweise haben wir es mit durchgeknallten Junkies zu tun oder mit Menschen, die in einem hypnotischen Zustand zu Killern werden, oder mit Psychopathen.« Brandtner stand auf und ging zu Kunz' Schreibtisch hinüber.

Rex hatte sich inzwischen in seine Ecke getrollt. Das Spiel war endgültig stagniert, zumindest bis einer seiner ratlosen Kollegen den Ball wieder ins Rollen brachte.

Sein Herrchen nahm eine Akte von Kunz' Schreibtisch, bevor er fortfuhr: »Anders kann ich mir die Fälle nicht erklären. Aus irgendeinem Grund rasten sie aus und schlagen auf ganz brutale Weise zu. Oder weißt du vielleicht eine andere Erklärung?«

Böck war ehrlich: »Nein.«

»Ich schau die Akten noch einmal durch und vergleiche sie mit ähnlich gelagerten früheren Fällen.« Brandtner schlenderte mit den Unterlagen zu seinem eigenen Schreibtisch zurück. Die ergebnislose Recherche hatte ihm Durst gemacht. »Bringst du mir eine Cola?«

Die Aufforderung war an seinen Hund gerichtet, der gelangweilt auf seiner hellbraunen Decke mit der Aufschrift *Polizei* lag. Sofort sprang Rex auf und lief zum Kühlschrank, den er geschickt mit den Zähnen öffnete, um ihm das gewünschte Getränk zu entnehmen. Anschließend trug er die Dose zu Brandtners Schreibtisch hinüber und stellte sie behutsam dort ab.

»Danke, Rex. Ist die verletzte Frau schon ansprechbar?« Alex Brandtner griff nach der Dose und drehte sie, auf die Antwort seines Kollegen wartend, unzufrieden zwischen den Händen.

»Nein. Das Spital meldet sich, sobald sie aufwacht.«

Brandtner hielt plötzlich mitten in seiner Bewegung inne und starrte wie gebannt auf den Boden der kleinen Aludose in seinen Händen. »Warum ist mir das nicht früher aufgefallen?« Er schnappte sich das Beweisstück des zweiten Mordes, die Fruchtsaftdose, von seinem Tisch, drehte sie ebenfalls auf den Kopf und verglich: Auf beiden kreisrunden Aluflächen bildeten kleine schwarze Zahlen eine verschlüsselte Reihe.

Er blickte triumphierend zu Böck hinüber, der bereits seit einigen Sekunden erwartungsvoll von seinem Schreibtisch hinübersah, um ihm mit wenig spektakulären Worten die Sensation zu verkünden: »Alle Dosen haben so eine Codierung!«

4

Zur gleichen Zeit, am fortgeschrittenen Abend, ließ sich Nadja in einem Wiener Szenelokal ihre heiße Schokolade schmecken. Sie setzte das dampfende Getränk an ihre Lippen und überlegte: Warum war dies ein Szenelokal? Weil es zur Szene, zum allgemein als cool geltenden Standard gehörte, zu dem man sich bedenkenlos öffentlich bekennen konnte. Und weil sich Szenen in dem Lokal abspielten. Zum Beispiel solche wie das Beäugtwerden durch einen männlichen Gast, der sich noch nicht recht traute, das Objekt seiner Begierde anzusprechen – so wie der blonde Typ hinter ihr.

Ein kurzes Piepsen, das aus ihrer Tasche kam, schreckte Nadja aus ihren Gedanken auf. Kein Mann war so zuverlässig wie diese Uhr. Lächelnd nahm sie ihre Tasche, stand auf und ging zur rückwärtigen Wandseite, wo die Toiletten waren. Sie lächelte auch noch, als ihr Weg sie an dem jungen Mann mit den blonden, zerzausten Haaren vorbeiführte, dessen heimliche Blicke sie schon die ganze Zeit über im Rücken gespürt hatte.

Sie verschwand hinter der Tür zur Toilette und stellte neben dem Waschbecken ihre helle Wildledertasche ab. In dieser begann sie daraufhin eilig zu wühlen, bis sie sichtlich erleichtert ein rotes Pillendöschen zu Tage förderte. Mit einer Hand voll Wasser spülte sie eine der kleinen weißen Pillen hinunter, die sich darin befanden. Dann fuhr sie sich kurz durch ihre dunkle Pagenfrisur, nickte ihrem Spiegelbild in dem schicken türkisfarbenen Oberteil über dem langen schwarzen Rock noch einmal aufmunternd zu und marschierte in das Lokal zurück.

Nachdem sie den Platz des jungen blonden Herrn ein zweites Mal lächelnd passiert hatte, gab sich dieser endlich einen Ruck. Ohne die schwarzhaarige Schönheit aus den Augen zu lassen, stand Rainer von seinem Stuhl auf, straffte sein Jacket mit dem, seiner Meinung nach, dezenten Tigerfellmuster und stolzierte wie ein solcher auf Balz zu ihr hinüber.

Aus den Augenwinkeln sah sie ihn näher kommen. Na, auf den Spruch bin ich ja jetzt gespannt, dachte sie kokett.

»Entschuldige, ich bin Organspender. Brauchst du vielleicht was?«

Nicht schlecht, die kleine Ansprache. Sie fing an zu kichern und blickte auf. Und der Typ war ja auch ganz süß. »Was hast du denn anzubieten?«, fragte sie flirtend zurück.

»Müssen wir das hier besprechen?«

»Hast du einen anderen Vorschlag?«

»Auf meiner Intensivstation.«

Wieder musste sie kichern. Das konnte ja ein unterhaltsamer Abend werden. Sie griff nach ihrer Tasche und folgte dem jungen Witzbold, der bereits ungeduldig vorausstürmte, aus dem gut besuchten Lokal.

Der Rest des Abends verlief genau nach ihren Vorstellungen, bis fast ganz zum Schluss.

Auch der unterhaltsamste Abend muss einmal zu Ende gehen, dachte Nadja, als sie zurück in ihre türkisfarbene Bluse schlüpfte und mit souveränen Bewegungen den Reißverschluss erst des einen, dann des anderen Stiefels hochzog.

Ihr bevorstehender und vor allem sehr berechnender Abgang irritierte Rainer zusehends, der unter der schwarzweiß gestreiften Bettdecke lag und ihr schweigend dabei zusah, wie sie sich Schritt für Schritt aus der verlockenden Wildnis seines Junggesellenapartments stahl.

»Ich ruf mir jetzt ein Taxi«, sagte Nadja, die sich komplett wieder angezogen hatte und nun an dem braunen Cordsofa und dem Flippergerät vorbei in Richtung Flur stolzierte.

Ihr selbstverständlicher Tonfall machte Rainer schließlich aktiv. »Wieso willst du denn schon weg?« Er sprang aus dem Bett, nur mit einem Slip bekleidet, der in Farbe und Musterung stark an seine Jacke erinnerte.

»Ja, will ich. Kann dir doch egal sein«, entgegnete die selbstbewusste junge Frau abgeklärt. »Also, wo ist das Telefon?«

Rainer versuchte, sie ein wenig aufzuziehen. »Sag ich dir nicht«, erwiderte er breit grinsend.

Aber er hatte sie falsch eingeschätzt. Vor allem hatte er nicht erwartet, dass sie seinen frechen Kommentar einfach übergehen würde. »Ich finde auch so ein Taxi«, sagte sie und nahm ihre Tasche.

Da packte er sie lachend an einem Handgelenk und zog sie an sich. Er stieß dabei auf starken Widerstand, denn die junge Frau ließ sich auch auf diese Weise nicht zum Bleiben überreden. »Sowas kannst du mit mir nicht machen!«, rief er schließlich mehr aus gekränktem Stolz, als ernsthaft wütend.

Richtig wütend war dagegen jetzt die bedrängte junge Frau. Die Wut stand ihr gut. Als sie heftig gegen sein Bein trat, um sich aus seiner Umklammerung zu befreien, lachte er laut auf, dachte jedoch nicht daran, sie loszulassen. »Du bleibst hier!« Diese wilde Katze!

Die Auseinandersetzung nahm ein abruptes Ende. Solides Glas zerschepperte an einem harten Gegenstand, der Griff um Nadjas Handgelenk lockerte sich merklich. Und mit einem unterdrückten Ächzen brach der tödlich getroffene junge Mann vor ihr auf dem Teppich zusammen.

Schwer atmend ließ die junge Frau den abgebrochenen Flaschenhals sinken. Dann drehte sie sich fast mechanisch um und verließ mit festen Schritten die Wohnung.

»Lassen wir ihn schlafen«, wies Böck den Polizeihund an, als der im Morgengrauen, die Vorderpfoten auf Brandtners Schreibtisch legte und unternehmungslustig das zerknautschte Gesicht seines Herrchens betrachtete, das friedlich schlummernd auf die Schreibtischunterlage gebettet war.

Der Hund sah ein, dass er sich einen anderen Spielgefährten suchen musste. Er nahm die Pfoten vom Schreibtisch und trabte zu Böck hinüber, der im Begriff war, eine kleine Rasur vorzunehmen. Ehe der Polizeibeamte sich versah, hatte sich Rex dessen Nassrasierer geschnappt und machte sich damit aus dem Staub.

»Rex, gib mir sofort den Rasierer zurück!«, schimpfte Böck. Er ging ein paar Schritte um seinen Schreibtisch herum, vor dem der Hund mit unschuldiger Miene und dem ersehnten Utensil im Maul stehen geblieben war. Doch der setzte sich daraufhin ebenfalls in Bewegung, sodass der unrasierte Polizist jetzt selbst vor seinem Schreibtisch stand, der Hund aber dahinter.

Gereizt setzte Böck seinen Weg um den Schreibtisch fort. »Bleib stehen, Rex!«

Der Hund trottete weiter.

»Du sollst stehen bleiben, habe ich gesagt.«

Böck war bereits in ein gemäßigtes Lauftempo gefallen.

»Folgt er dir nicht?« Der Kommentar kam vom Schreibtisch gegenüber. Der Lärm hatte Brandtner geweckt, der für einen eben erst Erwachten schon ziemlich erheitert wirkte und den beiden interessiert bei ihrem kleinen Trimm-dich-Spiel zusah.

»Ich finde das überhaupt nicht witzig.« Böck warf Herrchen und Hund nacheinander einen beleidigten Blick zu. Die passende Gelegenheit für einen Konter würde sich schon noch ergeben.

Mit der cremeweißen Couch wirkte Dr. Peterkas Behandlungsraum wie das Wohnzimmer eines modernen und zugleich traditionell arbeitenden Psychotherapeuten. Die Praxis befand sich in einer imposanten Villa mit gelbweißer Fassade, zugleich das Wohnhaus des Neurologen. Die Räume und ihr zum Teil antiquiertes Inventar, verliehen dem Mann, der in ihnen praktizierte, etwas Weises und Vertrauen erweckendes.

Nadja presste den Wattebausch auf ihre Armbeuge, während der betagte Arzt ein Röhrchen mit dem Blut füllte, das er ihr gerade abgezapft hatte.

»Haben Sie das Mittel regelmäßig genommen?«, wollte Dr. Peterka wissen.

Nadja nickte euphorisch. »Ganz genau, wie Sie es mir vorgeschrieben haben. Alle vier Stunden. Mit der Uhr, die Sie mir gegeben haben, ist das kein Problem.«

Der Arzt hatte sich inzwischen daran gemacht, die Antworten der jungen Frau elektronisch zu protokollieren. Sein schütteres weißes Haar verschwand fast gänzlich hinter dem riesigen Bildschirm auf dem antiken rotbraunen Schreibtisch. »Haben Sie in den letzten drei Tagen eine Veränderung an sich bemerkt?« Nun tauchte sein fragendes Gesicht wieder hinter dem Computer auf, und er präzisierte: »Angstzustände oder Schweißausbrüche?«

»Nein, im Gegenteil. Ich fühle mich insgesamt noch wohler, fast beschwingt, seit ich das Mittel sechsmal am Tag nehme«, beschrieb Nadja wahrheitsgemäß ihren derzeitigen Gemütszustand, während Peterkas Finger über die Tastatur rasten und ihre Aussagen dokumentierten.

»Auch keine Kopfschmerzen oder Schwindelgefühle?«

Ihr war klar, dass er eine Liste von denkbaren Symptomen abfragte, konnte aber keines bejahen. Außer … Sie zögerte. »Nein, überhaupt nicht. Aber …«

»Nur heraus mit der Sprache. Was wollten Sie sagen?«, ermutigte sie der aufhorchende Arzt.

»Ich bin manchmal etwas gereizt.« Doch sie fügte sofort beschwichtigend hinzu: »Das hängt sicher mit der vielen Arbeit zusammen. Ich habe das in meinen Tagesberichten angegeben. Außerdem habe ich in letzter Zeit zu wenig geschlafen.«

Dr. Peterka gab sich mit der Selbstdiagnose seiner Patientin denn auch zufrieden. »Sehr gut. Sollten sich irgendwelche Beschwerden einstellen, informieren Sie mich bitte umgehend.« Er hielt der hübschen Frau zum Abschied freundlich zwinkernd die Hand hin.

Sie schüttelte diese höflich, blieb dann jedoch mit einem verlegenen Räuspern vor seinem Schreibtisch stehen.

Einen Augenblick lang sah Peterka sie verständnislos an, dann erinnerte er sich: »Ach ja, Ihr Scheck.« Eilig öffnete er eine Schreibtischschublade, griff hinein und überreichte ihr das längliche Stück Papier.

»Vielen Dank.« Jetzt erst wandte sich die junge Dame um und rauschte mit dem beachtlichen Nebenverdienst in ihren Händen aus dem Zimmer.

Dr. Peterka lächelte still in sich hinein: Geld war eben auch eine Art Antidepressivum, eines, das man nicht schlucken musste. Es konnte glücklich machen, wenn auch bekanntermaßen nicht allein.

»Ein wuchtiger Schlag auf den Kopf. Wahrscheinlich mit der Tequila-Flasche.«

Alex Brandtner kam diese Mordserie langsam vor wie ein kriminelles Déjà-vu. Auch Dr. Grafs Erklärungen zum Torhergang hatten den immer gleichen Wortlaut, handelten von der Wucht von Schlägen mit Gebrauchsgegenständen. »Nimmt das denn überhaupt kein Ende …«, stöhnte er und sah auf die Leiche des jungen Mannes hinunter, der unter der Plastikplane nur mit einer etwas lächerlichen Shorts bekleidet am Boden lag.

Mit einer gewissen Wucht traf den ratlosen Kommissar jetzt auch sein eigener Name, der von der Wohnungstür her in diesem Moment gellend gerufen wurde. Er identifizierte Böcks Stimme.

Kurze Zeit später kam der besagte Kollege aufgeregt in das Zimmer gestürzt. »Der Fritz hat mich gerade angerufen. Die Nummerncodierung auf der Fruchtsaftdose hilft uns tatsächlich weiter: Die Dose stammt aus einer Lieferung, die an einen Supermarkt in der Laudongasse gegangen ist.«

»Laudongasse«, wiederholte Brandtner überlegend. »Gibt es dort in der Nähe nicht zwei Studentenheime?«

Böck musste nach seinem Spurt in das vierte Stockwerk erst mal tief Luft holen, bevor er antworten konnte. Er war schließlich kein Eilbote oder Fahrradkurier. »Ja, warum?«

Geduldig erklärte ihm Brandtner, was er aus der wertvollen neuen Information schloss: »Wir suchen doch einen Zwanzig- bis Dreißigjährigen, der seinen Fruchtsaft nicht im Kino, sondern im Supermarkt gekauft hat.«

»Wahrscheinlich um Geld zu sparen.« Sein transpirierender Kollege hatte begriffen. »Und wer hat meistens wenig Geld?«

»Zum Beispiel Schüler oder Studenten.«

Rex bellte laut, die Suche hatte sich also gelohnt.

Der Kommissar und sein Partner im schwarzen Ledermantel schlossen zu dem Hund auf, der vor einem der kleinen Wohnheimapartments im ersten Stock stehen geblieben war, die man entlang der orangefarbenen Fassade über einen breiten Gang erreichen konnte. Am Fenster der Studentenbude standen eine

Reihe von metallicblau schimmernden Dosen, die genauso aussahen wie das Beweisstück aus dem Kino.

»Unser Mann«, stellte Böck aufatmend fest.

»Danke, Rex.« Brandtner versuchte, durch das Fenster einen Blick in das dunkle Innere des Zimmers zu erhaschen, dessen Wände mit Filmpostern geradezu tapeziert schienen.

Das Geräusch eines Schlüssels ließ den Kommissar aufblicken.

Eine hellblonde Studentin mit langen, geflochtenen Zöpfen beugte sich vor dem benachbarten Apartment freundlich zu Rex hinab, der interessiert ihre schwarzen, wollenen Overknees beschnüffelte. »Wem gehörst du denn?«, fragte sie den Hund, der sich offenbar nach wie vor im Einsatz glaubte oder seine Einsatzfreude lediglich als Vorwand benutzte, um die Beine einer hübschen Frau aus der Nähe zu betrachten.

»Mir.« Brandtner trat einen Schritt auf die gut gelaunte junge Dame zu. »Alex Brandtner, Kriminalpolizei.«

»Polizei?« Ihre fröhliche Mimik wich unsicherer Verblüffung.

»Wir suchen Ihren Kollegen …«, er warf einen Blick auf das Namensschild an der Tür des Fruchtsafttrinkers, »… Brauneis.«

Die Studentin zuckte mit den Schultern. »Ich habe keine Ahnung, wo der Moritz gerade steckt.«

»Was studiert er?«, erkundigte sich Brandtner.

»Mathematik.« Dann fragte sie vorwitzig wie ein kleines Mädchen, das einen ungehörigen Streich wittert: »Hat er was ausgefressen?«

»Das wird sich noch herausstellen«, erwiderte Brandtner vage. »Ist Ihnen an ihm in letzter Zeit etwas aufgefallen?«

»Nein, er war so wie immer. Er hat sich nur etwas zurückgezogen, wegen seiner Prüfung.«

»Wissen Sie, ob er Drogen nimmt?«

»Drogen?« Ihre Zöpfe flogen schwungvoll durch die Luft, während sie heftig den Kopf schüttelte. »Davon weiß ich nichts.«

»Kennen Sie Freunde von ihm?«

»Der Moritz ist ein Einzelgänger. Seine besten Freunde sind die Kinohelden.« Sie warf sich ihre hellgrüne Plastiktasche mit der freskenartig aufgeklebten gelben Blume über die Schulter und schob sich an dem Kommissar und seinem Spürhund vorbei. »Ich muss jetzt zu einer Vorlesung.«

Bald waren ihr kurzes rot kariertes Röckchen und die geflochtenen Zöpfe nur noch von hinten zu bestaunen.

Brandtner und sein Hund sahen ihr versonnen nach.

»Habt ihr noch nie eine blonde Studentin gesehen?«, ließ sich Böck jetzt von weit her, aus der nüchternen Realität, vernehmen.

»Doch, aber keine mit so hübschen Beinen«, gab Brandtner lächelnd zu bedenken und wandte sich dann an seinen beeindruckten Schäferhund: »Vergiss es, Rex, sie ist weg. Na, komm.« Der war jedoch nach wie vor in die Rückenansicht der attraktiven Studentin vertieft, trabte ihr schließlich einige winselnde Schritte hinterher.

Böck grinste. Es wurde Zeit für seinen Gegenschlag auf die Frechheit von heute Morgen. Er setzte eine betont arrogante Miene auf und sagte wie beiläufig zu seinem Kollegen: »Was ist? Folgt er dir nicht?«

5

In rasender Wut holte er mit dem Notebook aus. Eine Frau schrie, und das Blut spritzte ihm nur so entgegen.

Georg schreckte auf. »Das gibt es doch nicht!« Er sah sich um: Er befand sich mit seinem geschulterten Fahrrad im Treppenhaus auf dem Weg zu seiner Wohnung, in seinen zitternden Händen eine Zeitung, auf der neben Fotos von einem Notebook und einem Feuerlöscher eine breite, einprägsame Schlagzeile prangte: »HAT DER LIFTMÖRDER EIN ZWEITES MAL ZUGESCHLAGEN?«

Panisch fingerte der junge Mann in seiner Hosentasche nach dem Wohnungsschlüssel. Die Visionen wurden immer realistischer. Im ersten Moment hatte er gedacht, er empfände die Realität eines anderen nach, als telepathisches Erlebnis sozusagen. Doch ganz allmählich wurde ihm bewusst, dass er selbst an der Szene, die sich vor seinem inneren Auge wieder und wieder abspielte, beteiligt gewesen sein musste.

Als es ihm nach einer endlosen Reihe von zittrigen Versuchen endlich gelang, die Wohnungstür aufzuschließen, wuchtete er sein Rad in den Flur und stürzte sofort ins Wohnzimmer, wo seine Freundin auf dem schwarzweißroten Sofa saß und erschrocken von ihrem Japanischbuch aufblickte. »Was ist denn passiert?«

»Die tote Frau im Lift … Das Notebook …«, stotterte Georg halb von Sinnen. Seine schweißverklebten Hände drückten ihr die Zeitung in die Hand. »Ich habe die Frau umgebracht!«

Sabine starrte erst den Zeitungsartikel über die beiden Morde, dann ihren verzweifelten Freund ungläubig an.

»Ich war zu dem Zeitpunkt im Hochhaus. Ich hab die Frau nicht mal gekannt.« Er drehte sich hilflos einmal um seine eigene Achse.

»Und warum fällt dir das erst jetzt ein?« Sie nahm Georg bei den zitternden Händen und zog ihn neben sich auf das Sofa.

»Ich habe Gedächtnislücken. Von Zeit zu Zeit erinnere ich mich dann wieder. Das ist wie bei einem Puzzle. Die Erinnerung wird Stück für Stück größer.« Er stierte an ihr vorbei in die Leere. »Ich habe die Frau erschlagen!«

Sabine versuchte, ruhig zu bleiben, was ihr angesichts der Absurdität der Situation gerade noch gelang. »Kannst du mir den Grund erklären? Du hast sie ja gar nicht gekannt, hast du gesagt.«

»Warum weiß ich auch nicht.« Es war ihm selbst ein Rätsel.

Seine Freundin nahm den vollkommen aufgelösten jungen Mann tröstend in die Arme und strich ihm sanft über den Kopf. Seine Panik war überzeugend – und ansteckend. Was war das Vernünftigste, was sie jetzt tun konnten? Sie klammerte sich an seine Schultern, während sie versuchte, einen klaren Gedanken zu fassen. »Du brauchst Hilfe. Wir sollten zur Polizei oder zu einem Arzt.« Aber aus welchem Grund sollte ein liebenswürdiger Mensch wie er so etwas tun?

»Die Pillen«, beantwortete Georg urplötzlich die Frage, die sie sich beide stellten, und richtete sich abrupt auf. »Vielleicht hat das was mit den Pillen zu tun.«

»Welche Pillen?«

Georg schluckte. »Ich habe mich für ein neues Medikament als Versuchskaninchen zur Verfügung gestellt«, gestand er daraufhin widerwillig. Sabines Gesicht zeigte exakt den Ausdruck, vor dem er sich die ganze Zeit gefürchtet hatte.

Sie war fassungslos.

»Man bekommt dafür Geld. Du studierst seit Jahren Japanisch und warst noch nie in Japan. Ich habe das Geld für die Reise gespart«, fuhr er unaufgefordert fort, seine ungewöhnliche zusätzliche Einnahmequelle zu erklären.

Da schlang ihm die junge Frau in verzweifelter Rührung die Arme um den Hals. »Und dafür riskierst du deine Gesundheit«, flüsterte sie mit tränenerstickter Stimme.

Auf dem Weg zu ihrer Vorlesung traf die langbeinige Studentin mit den blonden Zöpfen auf Moritz, der gerade aus der Mensa trat, wo sie ihn um diese Zeit auch vermutet hatte. Vor dem äußerst steril wirkenden Gebäudekomplex fing Kim ihn aufgeregt ab. »Moritz!«, rief sie mit eindringlicher Stimme. »Die Polizei sucht dich!«

»Die Polizei? Wieso?« Ehrliches Erstaunen sprach aus seinen Gesichtszügen.

Die Studentin sah ihn dennoch argwöhnisch an. »Das fragst du mich?«, entgegnete sie brüsk.

Er überlegte kurz, dann fiel es ihm wieder ein: »Sie haben mich vor einer Woche erwischt, wie ich ein Buch geklaut habe. Der Buchhändler hat versprochen, mich nicht anzuzeigen. Und jetzt hetzt er mir die Bullen auf den Hals!« Ein Anflug von Verzweiflung mischte sich in seine sonst so gleichmütige Stimme. Abgesehen davon, dass er von der Polizei verfolgt wurde, gab es da noch ein anderes Problem: »In einer Stunde beginnt meine Prüfung. Was soll ich tun? Ich kann sie nicht noch einmal verschieben.«

Seine hilfsbereite Wohnheimnachbarin hatte eine Idee. Und außerdem hatte sie gerade den Schäferhund von vorhin im gestreckten Galopp um die Ecke biegen sehen. »Da vorne steht mein Wagen. Los, komm!«

Gemeinsam rannten sie zu einem Parkplatz seitlich des Mensagebäudes und stiegen in Kims alten roten Zweitürer.

Doch Rex hatte sie längst gesehen. Er setzte ihnen nach und sprang nach kurzem Sprint von hinten auf das senile Auto. Dann tapste er weiter auf das Dach, anschließend auf die Motorhaube hinunter.

Der Fahrerin, die bereits den Wagen gestartet hatte, war nun durch einen stattlichen Schäferhund die Sicht versperrt. »Geh doch weg!«, zischte Kim und versuchte, den Hund von ihrem Kühler zu gestikulieren.

»Gib Gas!«, brüllte Moritz neben ihr.

»Ich kann ihn doch nicht überfahren!«, gab Kim entrüstet zurück und deutete auf das Tier, das jetzt vor dem Auto bellend hin und her lief.

»Der wird schon rechtzeitig zur Seite springen!«

Es war ohnehin zu spät. Die Beifahrertür wurde plötzlich aufgerissen, und der Kommissar beugte sich, etwas außer Atem, zu Moritz hinab. Er war nicht gerade erfreut über den Fluchtversuch: »Aussteigen, Herr Brauneis!«

»Wollen Sie uns verarschen?!« So eine plumpe Ausrede hatte Christian Böck ja noch nie gehört: Der behauptete doch tatsächlich, er wüsste nicht mehr, ob er den Mord begangen hatte oder nicht.

»Nein, ich will Sie nicht verarschen.« Moritz hatte seine liebe Not, den beiden Herrn vom Kriminaldezernat seine wirklich sehr grotesk klingende Aussage glaubhaft zu machen. Der junge Mann saß im Büro des Kommissars und krallte sich mit beiden Händen an den Armstützen seines Stuhls fest, bevor er kleinlaut fortfuhr: »Ich habe doch schon zugegeben, dass ich im Kino war. Sie müssen mir glauben. Der Film war nicht besonders spannend, und ich bin eingeschlafen. Mehr weiß ich nicht.«

»Und wann setzt Ihr Erinnerungsvermögen wieder ein?«, fragte Brandtner nach im Bemühen, möglichst objektiv zu bleiben.

»In meinem Zimmer. Ich habe mich geduscht und bin dann ins Bett gegangen. Wie und wann ich nach Hause gekommen bin – ich hab ehrlich keine Ahnung.«

Böck knallte vor dem verängstigten Verdächtigen einige Fotos auf den Tisch, die den blutüberströmten Billeteur aus dem Kino zeigten und fragte anschließend so ungehalten, dass man der Frage anmerkte, dass die Antwort »Doch« lauten sollte: »Und den Mann haben Sie nie zuvor gesehen?«

»Ich glaube nicht«, sagte Moritz stattdessen leise, beinahe zurückfragend.

»Und wie kommen Ihre Fingerabdrücke auf den Feuerlöscher?« Brandtner versuchte nach wie vor, sachlich zu klingen, obwohl auch seine sehr berechtigte Frage den Verdächtigen eher zu einem Geständnis aufforderte.

Doch anstatt einen Mord zu gestehen, seufzte Moritz mutlos und sagte: »Das würde ich auch zu gerne wissen.«

Brandtners nächste Frage, zu der dieser gerade ansetzen wollte, blieb wegen eines heftigen Zerrens an seinem Sakkoärmel unausgesprochen. Böck zog ihn beiseite und raunte ihm genervt zu: »Der spielt uns doch was vor.«

»Da bin ich mir nicht ganz sicher.«

»Wo bleibt deine Menschenkenntnis?«

Wieder musste Brandtner einen Satz hinunterschlucken, für den er gerade tief Luft geholt hatte, weil Kunz ihm in diesem Moment ein in Folie verpacktes rotes Pillendöschen in die Hand drückte und mit dem Hinweis »Das haben wir in seinem Zimmer gefunden« in den Nebenraum zurückkehrte.

Brandtner wandte sich daraufhin mit dem Indiz wieder dem verunsicherten Tatverdächtigen zu: »Sie haben uns erzählt, dass Sie für eine schwere Prüfung gelernt haben.«

Moritz nickte eifrig, froh darüber, dass er endlich guten Gewissens etwas zugeben konnte: »Ja, so zehn bis fünfzehn Stunden am Tag.«

»So viel ich weiß, nehmen manche Studenten vor Prüfungen Aufputschmittel, um konzentrierter lernen zu können.«

»So etwas brauche ich nicht«, entgegnete Moritz. Er ahnte, worauf der Kommissar hinauswollte.

Da hielt ihm dieser fragend die kleine, mit weißen Tabletten gefüllte Dose unter die Nase: »Und was ist da drinnen?«

»Das ist eine Art Beruhigungsmittel«, erklärte Moritz, der da offenbar einen wesentlichen Unterschied sah.

»Woher haben Sie das?«, forschte Brandtner ahnungsvoll weiter.

»Von einem Arzt. Ich habe mich als Proband für eine Testreihe zur Verfügung gestellt. Das ist vollkommen harmlos.«

Ganz im Gegenteil: Sollte sich Brandtners Verdacht bestätigen, war es sogar lebensgefährlich. »Von welchem Arzt? Name, Adresse.« Es klang wie ein Befehl.

Vor den beiden Kriminalbeamten und ihrem Spürhund erhob sich die in freundlichem Gelb und strahlendem Weiß getünchte Villa. Ebenso wohlwollend wie wohlhabend wirkte der Bewohner des Hauses.

»Herr Doktor Peterka?«

»Ja, der bin ich«, bestätigte der ältere Mann Brandtners Nachfrage an der Haustür und bat die zwei Männer und den Hund von der Kripo in sein luxuriöses Anwesen. Jugendstil-Holzarbeiten zierten die Wände des Flurs. Sogar Rex schien beeindruckt.

»Moritz Brauneis steht im dringenden Verdacht, einen Menschen umgebracht zu haben«, begann der Kommissar dem Neurologen das Anliegen ihres Besuchs zu erklären, nachdem dieser sie an einer mächtigen, mit Intarsien versehenen Standuhr vorbei in seinen Behandlungsraum geführt hatte. Hier war offenbar gearbeitet worden: Die helle Couch war mit Karteikarten und Mappen übersät, sodass von ihrer Sitzfläche nicht mehr viel zu sehen war, und die Kühlanlage des Praxiscomputers auf dem Schreibtisch brummte leise vor sich hin.

»Der Mathematikstudent aus einer meiner Testgruppen. Das ist ja furchtbar«, sagte Peterka nach einem Schreckensmoment erschüttert. »Aber wie kann ich Ihnen da weiterhelfen?«

Böck beantwortete Peterkas vorgeschützte Ahnungslosigkeit mit einer geradlinigen Gegenfrage: »Welches Mittel müssen Ihre Versuchskaninchen schlucken?«

Der Neurologe ließ sich seufzend auf seinem Schreibtischsessel nieder, bevor er sehr geduldig und dennoch ein wenig defensiv erwiderte: »Das sind erstens keine Versuchskaninchen, und zweitens ist von müssen keine Rede. Es handelt sich ausschließlich um Freiwillige, die unter strenger ärztlicher Kontrolle stehen.«

Rex, der hinter Dr. Peterka auf dem Boden hockte, beobachtete fasziniert die beiden Hasen auf dem Bildschirmschoner, die in einer Endlosschleife vom rechten zum linken Rand des Computerbildschirms und wieder zurückhoppelten. Und wieder hin. Und wieder zurück.

»Sie haben uns noch nicht gesagt, um welches Mittel es sich handelt«, beharrte Brandtner, der schmunzelnd bemerkte, wie sein Hund vom Starren auf die hypnotisierende Hasenjagd ein wenig schläfrig wurde.

»Um ein neues Antidepressivum, das in einer breiten Testreihe in Zusammenarbeit mit einer Pharmafirma erprobt wird.« Peterka knirschte unmerklich mit den Zähnen. Dr. Wimmer, der Leiter der Entwicklungsabteilung, hatte die Erhöhung der

Testdosis gegen Peterkas medizinische Bedenken durchgesetzt. Hätte Peterka zu diesem Zeitpunkt bereits gewusst, dass er der Einzige war, der die höhere Dosis verabreichte, er hätte niemals zugestimmt. Nach dieser Testreihe wollte er auf jeden Fall eine Pause einlegen, auch wenn Dr. Wimmer ihm versichert hatte, dass es sicher nicht zu seinem Schaden sein würde, wenn das Produkt auf den Markt kam – vielleicht sogar schon etwas früher als erwartet, was vor allem dem ehrgeizigen Pharmakologen selbst beachtlichen Ruhm einbringen würde. Denn die Konkurrenz schlief nicht.

Brandtners neugierige Spekulationen rissen den verunsicherten Arzt aus seinen Sorgen. »Könnte das Mittel Aggression hervorrufen?«, hakte der Kommissar nach.

Dr. Peterka schüttelte entschieden den Kopf. »Ganz im Gegenteil, da kann ich Sie beruhigen. Es sind bis jetzt keine Nebenwirkungen aufgetreten.« Nun, nach den Patientenberichten stimmte das ja auch.

»Können Sie mir eine Liste mit den Namen der Probanden geben?«

Diese Bitte lehnte der Neurologe jedoch rigoros ab. »Tut mir Leid, das sind alles Patienten von mir.«

Hinter ihm verdrehte Böck verständnislos die Augen. Die ärztliche Schweigepflicht machte ihre Ermittlungen in diesem Fall auch nicht einfacher.

Brandtner wandte sich zum Gehen. Er hatte einen gewagten Einfall. »Trotzdem danke für die Auskunft«, sagte er artig, während der Arzt sich beeilte, ihnen die Tür zu öffnen.

Als dieser Brandtner überholt hatte, forderte der Kommissar seinen Hund leise auf: »Spiel krank!« Im Hausflur fragte er den bemüht freundlichen Mediziner: »Dürfte ich kurz Ihre Toilette benutzen?«

»Zweite Tür rechts«, wies ihn dieser mit einer leichten Verbeugung an. Die steife Verbeugung erinnerte den Kommissar entfernt an Dr. Graf. Die gute, alte Benimm-Schule …

Brandtner bog um die Ecke zur Toilette, schlich dann jedoch anstatt nach rechts in die entgegengesetzte Richtung und durch eine Verbindungstür in das Behandlungszimmer zurück. Dort setzte er sich eilig vor den Computer, klickte die hoppelnden Hasen vom Bildschirm und öffnete die Mailbox des Neurologen.

Im selben Moment, als sein Herrchen vorgeblich die »Toilette« aufsuchte, kippte Rex mitten auf dem Flur um.

»Was hat er denn?«, erkundigte sich Dr. Peterka nervös bei Böck, der sich sofort mitleidig neben den Hund auf den Parkettboden kniete. »Er hat vor kurzem eine Nierenentzündung gehabt«, log der Polizist und streichelte dem simulierenden Tier sanft über den Kopf.

»Er sollte etwas Wasser trinken.« Der Arzt verschwand in der Küche und kehrte kurz darauf mit einer bis zum Rand gefüllten Schale in den Flur zurück.

Rex verschmähte die Erfrischung mit leidvollem Blick und wimmerte stattdessen herzzerreißend vor sich hin.

Dr. Peterka steckte voller Ideen: »Geben Sie ihm eins von diesen«, sagte er, während er eine Packung mit extra großen Zäpfchen aus seiner Hosentasche zog.

Böck starrte verblüfft die Zäpfchen an. Nicht nur, dass er sich wunderte, was der Arzt alles in seinen Hosentaschen spazieren führte. Er hatte auch noch nie solche Zeppeline von Zäpfchen gesehen.

»Was ist das?«, fragte er den älteren Herrn.

»Zäpfchen. Haben Sie noch nie welche gesehen?«

»Doch, aber noch nie so große.«

Mit einem argwöhnischen Blick schielte Rex nach dem unangenehmen Medikament in Peterkas Hand.

»Das arme Tier. Am besten geben Sie ihm gleich eins. Es wirkt sofort«, schlug der kundige Wissenschaftler vor, wurde jedoch durch ein missbilligendes Knurren vom Flurboden in seine Schranken verwiesen.

»Rex, was hast du denn?« Brandtner, der soeben wieder zu ihnen in den Flur getreten war, hockte sich voller Mitgefühl neben sein leidendes Haustier.

»Wahrscheinlich wieder die Nieren«, sagte Böck schnell, bevor sein Kollege irgendein anderes altes Leiden erfand.

»Ich würde Ihnen dringend raten, gleich einen Tierarzt aufzusuchen.« Dr. Peterkas ernster Tonfall ließ vermuten, dass er Rex' Schauspielkünsten tatsächlich auf den Leim gegangen war.

»Mach dich nicht so schwer«, murrte der Kommissar, als sie sich von dem Neurologen verabschiedet hatten und er den schwächelnden Schäferhund durch den Vorgarten zum Wagen tragen musste.

Am Auto angekommen leckte ihm der Hund zum Dank für den bequemen Transport durch den Garten einmal quer über das Gesicht.

»Ist schon gut«, grinste Brandtner. »Du bist der geborene Schauspieler, Rex!«

»Wozu das ganze Theater?«, wandte sein Kollege indessen kopfschüttelnd ein. »Wir hätten doch einen Durchsuchungsbefehl beantragen können.«

Aber der Kommissar war anderer Meinung: »Du kennst doch den bürokratischen Aufwand. Bis wir mit dem Wisch vor der Tür stehen, hat er vermutlich schon die wichtigsten Daten gelöscht.« Er angelte sein Handy aus der Innentasche seines schwarzen Sakkos und drückte die Speicherwahltaste vom Büro, aus dem sich Kunz prompt meldete. »Fritz«, rief Brandtner in sein mobiles Telefon, während er in das Auto einstieg,

»wir fahren jetzt zur Gerichtsmedizin. Ich habe eine E-Mail an meine Adresse geschickt. Mach sie auf und schau, ob du die angehängten Dateien öffnen kannst. Es eilt.«

Unterdessen spielten Böcks Finger gelangweilt mit der Zäpfchen-Packung, die Peterka ihnen mit besten Empfehlungen mitgegeben hatte. »Die brauchen wir zum Glück nicht.« Er wollte die Packung gerade auf die Ablage vor dem Beifahrersitz werfen, als er es sich anders überlegte und sich stattdessen mit dem Medikament zu Rex umdrehte: »Oder?«

Ein wütendes Knurren vom Rücksitz ließ ihn zusammenfahren. »Ich hab doch nur Spaß gemacht, Rex.«

Dr. Peterka hatte inzwischen weiteren Besuch erhalten. Georg Hoffmann hatte ihn, mit blank liegenden Nerven, in der Praxis aufgesucht und erzählte ihm nun haarsträubende Dinge über eine tote Frau und ein Notebook.

»So beruhigen Sie sich doch«, beschwor ihn der Arzt, der angesichts der Doppelung von auffälligen Verhaltensstörungen bei seinen Probanden selbst einen Anflug von Panik unterdrücken musste. »Ich werde Sie durchchecken, und dann wissen wir mehr. Setzen Sie sich.«

Fix und fertig ließ sich Georg auf die inzwischen leer geräumte cremeweiße Couch sinken.

Der selbst zutiefst verunsicherte Neurologe setzte sich ebenfalls und begann mit einer Routinebefragung: »Haben Sie noch andere Medikamente genommen?«

»Nein.«

»Oder regelmäßig Alkohol getrunken?«

»Das tu ich fast nie. Und seit den Pillen überhaupt keinen Tropfen.«

Peterka erhob sich, ging zu einem Medikamentenschrank und entnahm ihm eine Ampulle und eine Spritze. Während er die Spritze mit der durchsichtigen Flüssigkeit aus dem Glasröhrchen aufzog, ging er langsam auf Georg zu, der seine Bewegungen misstrauisch beäugte. Was sollte denn das werden?

»Auf jeden Fall setzen wir das Medikament sofort ab.«

Peterkas glorreicher Ratschlag reichte Georg nicht. »Ja und dann?«, rief er empört. »Wie soll ich damit fertig werden? Ich habe eine Frau umgebracht.« Er wusste, was er zu tun hatte: »Ich habe beschlossen, mich der Polizei zu stellen«, fuhr er mit fester Stimme fort. »Und Sie kommen mit.«

Zu abgelenkt durch seine flammenden Reden bemerkte Georg nicht, dass die Spitze der Kanüle auf seinen linken Arm gerichtet war. Der junge Mann konnte nicht schnell genug reagieren: Plötzlich verspürte er einen stechenden Schmerz im Oberarm. Bevor er die Nadel in seiner Haut identifiziert hatte, begann das Mittel auch schon zu wirken, und Peterkas verkrampftes Gesicht verschwamm vor seinen Augen.

Sie waren unterwegs zurück zu Peterkas Villa. Der Besuch bei Dr. Graf hatte Brandtners Verdacht erhärtet: Eine Schnellanalyse der Tabletten aus Moritz' Pillendöschen hatte ergeben, dass sie einen Stoff enthielten, der auf die Übertragung von Gedankensignalen im Gehirn einwirkte. Dr. Graf hielt es durchaus für vorstellbar, dass es dabei zu »massiven Aggressionsdurchbrüchen« kommen konnte, ausgelöst durch eine erhöhte Dosis: Auf dem Döschen hatte er den Vermerk »6 x 1 Pille« gefunden. Aus der Patientenliste, die Kunz als E-Mail-Anhang ausgedruckt und anschließend zur Gerichtsmedizin gefaxt hatte und die belastendes Beweismaterial gegen den zuständigen Neurologen darstellte, war ersichtlich, dass alle Patienten vor drei Tagen mit der Überdosis begonnen hatten – und genau zu diesem Zeitpunkt war der erste Mord passiert.

Kunz hatte sich auch noch mal über Handy gemeldet, weil

sich auf dem Revier eine junge Frau eingefunden hatte, die glaubte, dass ihr Freund etwas mit dem Mord im Lift zu tun hatte. Dieser war außerdem spurlos verschwunden, und nun hatte sie Angst, dass wieder etwas passieren würde. Georg Hoffmann war sein Name, und – Brandtner blätterte hektisch – der stand ebenfalls auf der Liste.

Die Anzeichen für unseriöse Geschäfte mit Psychopharmaka hatten sich also verdichtet, und es sah nicht gut aus für Dr. Peterka.

»Und was ist mit dem Mathematikstudenten? Sie glauben doch nicht an einen Zufall!« Polizeisirenen und das Quietschen von Autoreifen unterbrachen die erhitzte Diskussion zwischen dem aufgebracht gestikulierenden Peterka und seinem ebenfalls sehr erregt lamentierenden Gesprächspartner, die beide vor dem Haus des Neurologen standen und nun erschrocken um sich blickten.

Brandtner stieg vor dem Garten der Villa eilig aus seinem Wagen, während die zwei pharmakologischen Experten auf der Treppe vor dem Eingang in Panik auseinander stoben.

Peterka stürzte zu seinem grünen Auto, das neben dem Haus geparkt war. Hastig stieg er ein. Er wollte vorwärts aus der Einfahrt setzen, doch Rex versperrte ihm laut bellend den Weg.

Hinter dem Hund kam nun der Polizist mit dem schwarzen Ledermantel angerannt und riss Peterkas Wagentür auf. »Wenn ich bitten darf«, sagte Böck ungeduldig zu dem völlig verschreckten Mediziner. Das routinierte Zuschnappen der Handschellen, mit denen er vorläufig am schmiedeeisernen Gartenzaun angekettet wurde, machte Peterka gesprächig.

»Ich bin nicht verantwortlich für die Testreihen«, protestierte er bei dem Versuch, nicht nur aus dem Auto, sondern gleich aus der ganzen Geschichte auszusteigen.

»Das wird sich noch herausstellen«, erwiderte Böck kühl

und klopfte ihm mit herablassendem Wohlwollen auf die Schulter, bevor er sich Brandtner anschloss, der mit Rex vor dem Treppenaufgang stand.

»Wer ist in der Villa?«, wandte sich der Kommissar an Peterka, nachdem er Rex' Bellen, das sich jetzt gegen das pompöse Haus richtete, korrekt interpretiert hatte.

»Dr. Wimmer von der Entwicklungsabteilung«, antwortete der eingeschüchterte Peterka gehorsam.

Die beiden Kriminalpolizisten und der Schäferhund rasten daraufhin die Stufen zur Eingangstür hoch. Das Erste, was sie sahen, als sie den Behandlungsraum betraten, war hingegen nicht ein fliehender Pharmakologe, sondern ein junger Mann, der reglos mit dem Rücken auf einem Untersuchungstisch lag.

»Kümmer dich um ihn«, sagte der Kommissar zu Böck, nachdem er den Puls des jungen Mannes gefühlt und ein Lebenszeichen ausgemacht hatte. Dann lief er hinter Rex her in ein Nebenzimmer der Praxis. Ein Fenster war weit geöffnet. Rex setzte leichtfüßig hindurch, sein Herrchen kletterte eilig hinterher.

Sie befanden sich nun direkt an einer sehr schmalen Straße, die steil bergauf ging und auf halber Höhe mitten in eine unübersichtliche Baustelle hineinführte.

Dort rannte ein einzelner Mann um sein Leben.

Ein gutes Stück hinter dem Flüchtenden sprintete Rex mit weit ausholenden Läufen den Berg hinauf.

Der flüchtende Mann drehte sich immer wieder hastig um, denn er sah den laufstarken Hund beständig näher kommen. Dr. Wimmer war nun in Höhe der Baustelle angekommen und blieb plötzlich stehen. Er überlegte kurz und stemmte sich dann gegen eine riesige Kabeltrommel, die neben der hohen, weiß getünchten Mauer auf der Straße aufgebaut war. Langsam aber sicher kam der große, runde Gegenstand ins Rollen, die nach unten enger werdende Straße hinab, genau auf Rex zu.

Entsetzt sah Brandtner, der fast bis zu ihm aufgeschlossen hatte, die riesige Walze auf seinen Hund zukommen. »Rex!«, brüllte er. »Weg hier!«

Doch die einzige Ausweichmöglichkeit bestand darin, den Berg wieder hinunter zu rennen, und die rollende Kabeltrommel hatte mittlerweile beachtlich an Tempo gewonnen, sodass es kaum möglich schien, vor ihr den Fuß des Gefälles zu erreichen.

Sie probierten es trotzdem. »Lauf zurück!«, schrie Brandtner seinem Hund zu, der vor der rotierenden Gefahr zögernd zwischen den Straßenseiten hin und her pendelte, und nahm dann selbst die Beine in die Hand.

Unaufhaltsam polterte das wuchtige Ungetüm näher. Brandtner sah sich nach seinem Hund um und unterdrückte einen Schrei, als er sah, wie dicht die Trommel ihnen bereits auf den Fersen war.

Rex, der ihn gerade in gestrecktem Galopp überholt hatte, war jetzt vor ihm. Hinter ihnen befand sich nur noch die Kabeltrommel, die die gesamte Straßenbreite ausfüllte. Nur unter dem Trommelgewinde hindurch, das zwischen den beiden Rädern etwa fünfzig Zentimeter über dem Boden hing, konnte man auf den dahinter liegenden Straßenbelag gucken. Es gab kein Entrinnen mehr, außer … Brandtner warf sich flach auf den Boden und spürte, wie wenige Momente später das große Zweirad knirschend über ihn hinwegfegte. Es hatte ihn tatsächlich passiert, ohne ihm ein Haar zu krümmen – oder lediglich die Nackenhaare, vom Fahrtwind. Erleichtert rappelte Brandtner sich auf. Doch die Erleichterung währte nicht lange, denn nun donnerte die Walze auf seinen Hund zu.

Der Kommissar hielt entsetzt die Luft an.

Rex blieb abrupt stehen und duckte sich nun ebenfalls auf den Asphalt nieder. Auch über ihn rollte die Kabeltrommel auf ihren beiden großen Rädern schadlos hinweg.

Einige Sekunden später hörten sie am unteren Ende der Straße ein lautes Scheppern und das Knirschen von Metall auf Metall: Die Kabeltrommel war am Fuß der abschüssigen Straße in eine Telefonzelle gekracht und auf diese Weise auf ihrem Amoklauf gestoppt worden.

Das aggressive Bellen seines Hundes, der schon wieder an ihm vorbeigejagt und irgendwo oben an der Baustelle verschwunden war, erinnerte den Kommissar daran, dass die Verfolgungsjagd noch nicht zu Ende war. Joggend folgte er der Straßenführung dorthin, wo die Bauarbeiten begannen und wo die Straße etwas breiter wurde. Er lief an einem Bauwagen vorbei und an einer zweiten Kabeltrommel, als er schließlich auf Rex traf. Der zähnefletschende Hund hatte anscheinend alles im Griff: Dr. Wimmer hockte zwischen Bauschutt eingekeilt auf einem Stapel Isoliermatten und machte ein unglückliches Gesicht.

»Der wacht bald wieder auf. Der Neurologe hat ihm ein starkes Schlafmittel gespritzt«, informierte Böck die beiden geschlauchten Rückkehrer über Georgs Gesundheitszustand, nachdem sie sich mit dem zerknirschten Dr. Wimmer im Schlepptau wieder vor der Villa eingefunden hatten.

Der geldgierige Pharmakologe und Mittäter bei der Verabreichung einer unverantwortlichen Dosis Psychopharmaka wurde sofort von einem weiteren Beamten in Empfang genommen und abgeführt.

Brandtner sah ihm nach, dann beugte er sich zu seinem Schäferhund hinunter, dessen wache Augen die gleiche Person im Blick hatten wie seine eigenen: den wimmernden Dr. Wimmer. »Ich glaube, der wird noch lange an dich denken«, sagte der Kommissar schmunzelnd und klopfte Rex auf die Schulter, der daraufhin zweimal zustimmend bellte, was vermutlich so viel hieß wie: Wer im Glashaus sitzt, sollte nicht mit Kabeltrommeln werfen.

Der Kommissar auf vier Pfoten ermittelt weiter …

Kommissar Rex
Hetzjagd
ISBN 3-8025-2927-8

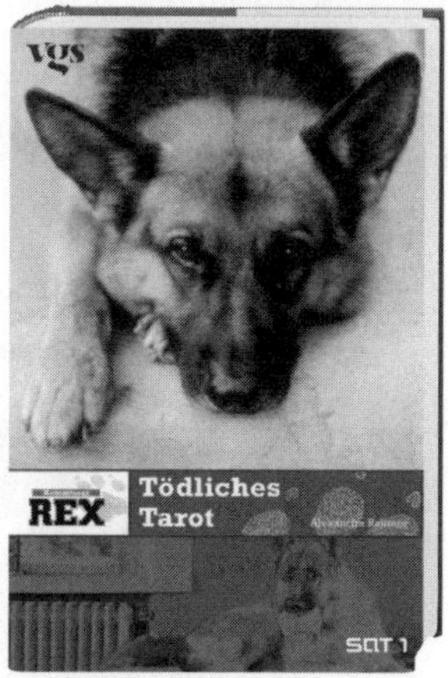

Kommissar Rex
Tödliches Tarot
ISBN 3-8025-2928-6

Kommissar Rex
Der Tod kam zweimal
ISBN 3-8025-2970-7

Kommissar Rex
Das Mädchen und der Mörder
ISBN 3-8025-2971-5

Egmont vgs verlagsgesellschaft, Köln
www.vgs.de